絲路分手旅行

李桐豪

Contents

目錄

MSN上的分手

絲路分手旅行

搭電梯下樓取一個快遞，回到座位上，坐下來才發現上頭住址把五十八號六樓變成六十八號五樓。這樣還收得到快遞真是神奇。我看上頭的寄件人寫著林雅珍，正好提醒我有事要和她聯絡。腦中突然響起來要給她打電話的念頭時，咚的一聲，她便從 MSN 上冒出來。

「我們一起去絲路的照片你收到了吧。」

「嗯，你來得正好，我正好要找妳呢，」我敲著鍵盤：「最近很奇怪，我只要心底想著一個人，不管是以電話、MSN 的形式，那個人就會自動出現在我面前。這樣的事情發生不下十次了。」

「那是因為你整天掛在 MSN 上頭，胡亂想著別人，亂槍打鳥一定會打中的，一點也不足為奇。」

「妳知道全天下我最不可能思念的人就是妳。我要跟妳追討妳去巴西旅行拍的照片，新書要用的。」

「全都放在那張光碟裡面呀。包含我們去沙漠的照片。」

「嗯，太好了。我需要那些沙漠的照片。」

「做什麼用的？」

「安慰呀！把自己藏匿在旅行的照片當中，就可以從身處的真實世界消失了。」

「被甩啦？」

「還在 MSN 上慘遭分手咧。真是有效率，媽的，根本措手不及好不好。」

「你夠啦，你們在一起很久了嗎？如果才約會三次，那麼用手機簡訊和 MSN 就可以了，但約會超過五次，並且上過床就另當別論。還有，幹嘛一定非要全世界的人都只愛你一個人？算了吧。你一認真就會出亂子，以後隨便玩玩就好了。」

「我想我應該是中了鍾無豔的魔咒吧。」

「什麼鍾無豔？」林雅珍打了一個挑眉質疑的表情。

「就是鄭秀文、梅豔芳演的鍾無豔呀。裡面台詞這樣說：『一但喜歡上一個人就會變醜，只有離開了、絕情了才會再度變帥變好看。』」

我一邊敲打鍵盤，一邊看著桌上被撕開來的快遞信封，心想壞情緒有沒有可能快遞出去呢？在MSN上分手這一件事情真是狠心呀，當對方在網路上要求分手的時候，心底便湧上一長串的台詞：「求求你不要走啦，你以為我會講這樣的話嗎？哼哼，所有離開我的人最後都會像是回力標一樣地飛回來，你將無法將我拋棄。」本來預備打完這段話之後，就按一個笑臉來回敬，可是當我打完「求求你不要走」，居然因為系統不穩定而被踢下線，再度連線的時候，那個人已經不見了（該死的MSN 7.0版）。本來要撂狠話要狠，結果反而變成一個苦苦哀求的可憐蟲。

怎麼會變成這樣呢？平常太常使用那個嚎淘大哭的表情，遇上了真正難受的時刻就不知道怎麼打發。鼻子酸酸的，眼睛熱熱的，但是再怎麼擠眉弄眼，就是不可能滾出有溫度的眼淚。

打開林雅珍寄過來的照片檔案夾，找到了敦煌沙漠的照片。

9　MSN 上的分手

人在疲累的狀態之下呆呆地看著一片荒蕪的沙漠，會有一種神奇的安慰能力。按照順序排動著照片。西安。蘭州。哈密。吐魯蕃。火焰山。喀什葛爾。帕米爾高原。整個順序剛好是唐三藏孫悟空取經的路線。

整個六月，我和林雅珍帶著不同的心結和目的，結伴一起去了絲路，我們走了一趟玄奘取經的路線，因為在過程當中都釋懷了一些事情，也忘卻了一些難堪的心情，所以說那是一個遺忘的分手旅行也無可厚非吧。

跟往事分手、跟苟延殘喘的戀情分手。旅行適合分手，我至今仍這樣相信著。出遊的照片光碟收到了，整理著絲路的照片，顯然，另一個分手旅行才正要開始。

動物園猴子

絲路分手旅行

行事曆上羅列著一則一則的代辦事項，完成的就用紅筆刪掉。要匯的錢、上繳的報告、業務代理、準備的行李，刪掉刪掉刪掉，通通刪掉。行李已經打包一半，而租貸的電腦待會就會有人來回收了。

我利用時間一邊把 CD 轉到 iPod 當作旅途當中的音樂，一邊在 MSN 上跟一些匪類們說再見。把 MSN 上的暱稱改成了「國境西行的快樂王子」拋磚引玉，線上果真有人回應：「你要去哪裡呀？」

「打一張國境西行的車票 T138 的列車，終點是西安，絲路的起點。要去哪裡概念全無，直覺說是哪裡就去哪裡吧，錢花完就回來了。」

「那閣下準備了多少錢呢？」

「之前把那台腦死的筆記型電腦賣掉，折了現金四千塊人民幣，現在使用的電腦是租來的，等下電腦公司派人來收回，可拿回押金兩千塊。六千塊可以去很遠的地方吧。反正就是出門去走走吧，不然太可怕了，我發現我每日的生活動線就是工作室、食堂和教室。活動範圍加起來，興許都沒有一隻動物園猴子來得大。」

「可你有電腦可以上網路。」

「如果我的絲路旅行有主題的話，那麼主題就是去一個沒有電腦的地方吧。就是因為電腦讓我變成一隻猴子，發 mail、做 power point，工作是電腦，交誼哈拉看 DVD，娛樂是電腦。電腦像是一枚圖釘把我釘死在座位上。我厭惡那樣的依賴，我要到一個沒有電腦的地方去，只要去一個沒有 MSN 明日報新聞台 Yahoo! 奇摩交友網站的地方都會像度假。」我在線上說自己唾棄電腦，然後就打開了便利的 outlook express，看看工作項目當中還有什麼還沒做完的。

十二點鐘速捷電腦公司來收電腦。三點鐘跟林雅珍約上海火車站碰面。四點十九分搭 T138 特快車由上海開往西安。

嗯，現在已經是兩點十二分，電腦公司的人還不見蹤影。正要打電話準備和電腦公司的人對罵的時候，電腦公司的人就識相地出現了。

門口有人敲門，我開門。兩個長髮年輕人說要收電腦，語畢，沒有我的允許就大搖大擺走進來。年輕人沒脱鞋，染壞的長髮，緊身背心，乾癟的身體，看起來像是被車子撞壞的F4，是上海流行的樣版帥哥look。他們像是村上春樹小説裡面的電視國民，把我當成是禮堂牆上的毛主席遺像一樣，就走到房間盡頭。劣質F4指著桌上的電腦説是不是這個要收回。

電腦還開著，巨大的螢幕吃掉了我半張桌子，地上的主機像一個二手冰箱一樣，發出了轟隆轟隆的巨大聲響。主機電源線、iPod電源線、電風扇插頭剪不斷理還亂地交纏在一起。一個年輕人端詳了電腦一回，然後蹲下問我的資料是否都已儲存。我點頭説是。在我還沒説沒有可以關機之前，年輕人就粗暴地把電腦線電源線給扯下來了。

螢幕啪嗒一聲的消逝了。那一刻，突然想到台灣連續劇中醫院的場景：快斷氣的病患元氣淋漓地講了近半個小時的遺言之後，醫生把管子拔掉。那個彎曲的綠色心電圖曲線牽扯成一直線，螢幕最後也是這樣啪嗒一聲消逝了。

感覺有什麼東西像死掉了一樣。

火車進站時

絲路分手旅行

Qoo和流浪民工

下午三點鐘，我跟林雅珍在上海火車站碰面。

林雅珍昨天下了班便搭華航接東方，台北、香港一路殺到上海。我問她今天早上都幹了些什麼去了，有沒有去外灘、南京路逛逛？

林雅珍說她在路上發現旅行箱壞了，所以去襄陽市場隨意買一個。她笑咪咪的說半路上在音像店買到了一套 Buddha Bar，所以機票錢都回本了。

「什麼 Bu？什麼巴？」

「Buddha Bar，一個法國 Lounge Bar，他們店裡播放的沙發音樂，後來錄製成CD發行，因為大受歡迎，所以一連推出了十幾集。上海賣一張四十塊台幣，台北一張六百塊，我買了二十張，連機票錢都撈回來了。好啦，我的任務達成了，下來的絲路之旅就算是買CD的贈品好了。怎樣都無所謂了。」

我說：「這裏的盜版CD很妙，除了有卡拉絲全集、顧爾德全集等等夢幻逸品不說。一般盜版也不盡然是把正版的曲目封套照單全收，此岸的盜版也有它的創意和幽默在裡面。《周氏良品》是周杰倫加周傳雄。《伉儷情深》第一集是葉倩文加林子祥，第二集是李宗盛加林憶蓮。有一個《曖昧雙星》，妳一定猜不出來是什麼！」

「周杰倫加蔡依林？」

我說：「黃耀明加張國榮。很妙吧。」

林雅珍眼睛打量著四周的環境。她說火車站看起來很新、很氣派，但是怎麼秩序那麼混亂？我跟林雅珍說：「應該是沒有一種守秩序的共同體認吧。一回我也是在上海火車站排隊買票去南京，很長很長的隊伍噢，我前方一個女孩俯身，對售票口喊兩張票到北京。女孩後面一個男人手跨過她的肩頭，撐著售票口的壓克力隔板，把女孩圈在自己小小的臂膀當中。我心想這對情侶感情真好，後來女孩離開，男人遞補上前，另外買了一張去福州的車票，我這才知道他們原來是互相不認識的兩個人。在中國，人跟人之間是沒有所謂的禮貌距離。在台北日本香港搭捷運，不管人潮再怎麼擁擠，乘客也會試著把自己的身體像是酸梅一樣的縮起來，儘量不要去觸碰他人肢體。然而這裡就是前胸後背，大大方方地把自己癱瘓在人潮中。排隊買票後面的人蹭著你，整個廳堂鬧烘烘的人聲聽著就覺得躁，當下覺得四海之內皆非兄弟，每個人都虎視眈眈地算計你的財物。

「台灣人到中國都有被迫害妄想症吧。」林雅珍冷淡地加了註腳。

抬頭看看車站大廳牆壁上的發車時刻表。佳木斯。齊齊哈爾。雲南。廣州。看見那些只有在歷史小說上才會出現的地名變成了可以抵達的目的地，內心就有許多想像在湧動著。本來因為政治的禁絕，那些地方只存在想像虛擬之中，而如今一枚小小的車票就可以抵達小說境界，彷彿穿越了那些閘口，就好像穿越哆啦A夢的任意門，可以任意前往任何到不了的地方。

上海是我們逃逸現實困頓的一個起點，但是也是許多外地人築夢的目的地。

火車站有許多民工逗留著，在中國，許多民工搭了好幾個日夜的硬座火車，從西部某個山城，或是東北雪鄉來到這個大都會打零工。戶口制度的貫徹始終，使得這些民工們沒有健康醫療保險，小孩無法接受教育，他們戰戰兢兢地拼搏，圖的就是一個小小的榮華富貴。鄉愁跟余光中余秋雨有染，跟民工的上海發達之路無關。Qoo看板上發亮的藍色扁毛畜生，下面坐著黯淡疲憊的民工們，這個對比必然有什麼不對勁的地方，但我們就只是帶著輕微的憐憫經過，然後走向軟臥候車席。

家當

我買到的是五百一十八塊的軟臥車票。上海的候車室根據座位的等次分等，依序分為軟臥、硬臥、軟座、硬座。軟臥和軟座的乘客另有較為舒適的候車室。候車室寬敞明亮，並且播放著理查．克萊德門的鋼琴伴奏曲。柔軟的黑色沙發上，身穿西服洋裝的乘客候車室，整體氣氛有一種類似國際機場候機室的安靜幽雅。

趁著林雅珍去買麥當勞和香菸，我在沙發上把行李中的東西倒出來，因為我總是懷疑自己是不是遺忘了某樣東西。

我清點出如下的東西：

百慕達短褲。佐丹奴卡其褲、牛仔褲各一條。佐丹奴的 T-Shirt 四件。換洗 boxer 四角褲六條。Puma 綠色薄外套一件。華聯超市襪子半打。一管快用完的 UNO 洗面乳。防紫外線係數四十八的蜜妮防曬油。牙刷。牙膏。家庭裝的旺旺仙貝一大包、蒟蒻果凍一包、康師傅牛肉泡麵兩盒、水壺一個。板藍根六包。洩停封一盒。iPod、手機和它們各自的充電器。厚厚如同電話本一樣的《倚天屠龍記》和《書劍恩仇錄》合訂本，中國青年出版社《新疆盛宴》、奈波爾《百萬叛變的印度》和白話版本的《大唐西域記》。

另外，人民幣六千兩百四十二塊分做三處存放，台胞證。學生證。帳戶中有五百零八塊人民幣的中國銀行存款簿。老師給的一組上海台辦新聞處電話和一封蓋有官章的單位介紹信。去容老師辦公室取介紹信的時候。他很慎重地從抽屜取出了大大小小的印章，瞇著眼睛逐一逐一的檢視，然後拿起其中一枚官章，小心翼翼地蓋在信件上。容老師說：「這樣就可以了吧，如果遇到了什麼麻煩和刁難，去公安處把這個信給他們瞧瞧就可以了。」容老師說話的口氣中有一種慎重，正因為太過慎重，所以反而有一種戲劇性。感覺上那封信就像是武林小說中會幫助主角逢凶化吉那樣錦囊妙計一樣具有神奇的功能。由衷地希望不要動用到這封信才好。

這就是我全部的家當。

國境西行特快車

絲路分手旅行

他鄉故知

對號找到了所屬的軟臥寢車，推開半掩的門走進去，下鋪位置坐著一個正在閱讀的男孩。炎熱的氣候，男孩卻戴著棒球帽，穿著 North Face 防風外套，一副要去探險的樣子。那種搞不清楚狀況的穿法決計不可能是內地人的。

男孩聽見有人走進來，抬起頭，清淺地微笑，點頭致意。男孩說：「對不起，坐到你們的位置。」嗯，口音也可以刪去港澳人士或新加坡人的可能性。所以我便大膽的說：「台灣來的？」

「呵，你們也是嗎？」

「你手上書籍封面的繁體字、你的台灣口音，很明顯呀。」

三言兩語的攀談，知道了男孩的來歷：長庚的醫師，累積年假一個人出來

闖蕩，計畫走絲路，一網打盡西安嘉峪關敦煌吐魯蕃等著名景點。小醫師問我跟林雅珍要去哪裡。我說：「我跟我朋友本來計畫去西藏啊，資料都備齊了，連吃了好幾天的紅景天，也打電話到格爾木，安排好了入藏的車子。但萬萬想不到居然會因為陳水扁而希望落空。」

「陳水扁？」

「對呀，按理台灣人入藏需要辦理入藏紙，團進團出。平常時候睜一隻眼閉一隻眼，倒還容易矇混進去。可是阿扁五二〇就職前後，中國方面下了公文，所有入藏公路嚴格盤查身分，連布達拉宮也有檢查哨，唯恐藏獨聯合台獨惹出什麼事端吧。原本聯繫好要領隊的司機根本不敢惹事，在我們要出發前的三天說無法去了。」

我們現在去哪裡？我跟林雅珍也不知道如何回答這個問題，不管西藏或是西域，反正可以離開漢人的地方，離開電腦環境，隨便去哪裡都好。我們實在不知道怎樣對這個他鄉故知解釋這種「隨便去什麼地方都好的心態」，只好勉強擠出一個笑容回答說：「再看看吧。」

十四個小時的車程之中，我們跟小醫師的對話僅止於此。禮貌性的寒暄化解了與陌生人共處一室的尷尬與戒心之後就幾乎沒有互動。林雅珍與我對小醫師沒有好惡，然而畢竟是出遠門來發呆的，我們只想保持一種如同島嶼被海洋包圍般的封閉狀態，並且在那樣的封閉當中短暫休息或者盤算心事。即便是雙方擁有相同的去處，我們亦不想表明，遑論連絡情感。

林雅珍戴上眼鏡拿起筆記本鉛筆，開始做起英文翻譯的工作。我則從行李取出武俠小說閱讀，兩人很有默契地漠視對方的存在，自己做起自己的事情。

老宋

讀四本合訂成電話本一樣的《倚天屠龍記》，定價十塊錢人民幣的劣質盜版，看過即可丟棄。我從張翠山、謝遜冰火島結義開始閱讀，讀到張無忌決戰光明頂告一個段落，因為整個閱讀的過程太過專注，所以就沒有察覺車窗外的光天化日，已經不知不覺地變成了一片漆黑。

我把整個臉貼在厚重冰涼的玻璃窗，企圖辨識窗外的景緻，和確認自己身在何處。但是車窗外一片漆黑，想看風景，但除了自己的倒影，什麼都沒有看見。面對黑暗，看見自己，腦海中開始出現一些聲音。Sound of Silence。即便是形同單人旅行的狀態，心中總還是有著說話對象。心底始終有人，一個看不見的旅伴，親愛的第二人稱。傾訴的內容或者描述風景或者記敘旅行的心情，偶爾記憶也會偽裝成那樣一種內心的獨白。聲音協助或者干擾自己旁觀事物的方式，提醒自己留意周遭環境，提醒著那些可以寫進旅遊明信片的所見所聞。

自溺的情緒被開門的聲音打斷，最後一個床鋪的乘客回來了，一個俊美異常的中年人，乾淨的 Polo 衫，筆直的西裝褲，不過一雙劣質皮鞋和白襪子就破了功。打過招呼之後知道男人叫作老宋，做磚窯廠生意，他同幾個生意上的夥伴要去虎跳峽談事情，適才就在隔壁寢車與同事打牌聊天。他問我們打哪來，我順口回答福建。

老宋說我們看起來一臉學生樣，可是在唸書？我點頭稱是，並且補充說身旁的兩人都是同學，三個人皆在上海讀書，一起結伴去旅行。

老宋說：「還是你們當學生好，我們那時候唸書，哪裡知道什麼叫做旅行？」

「那你現在不正是在旅行嗎？」

他說哪有這樣的清福可享！磚窯廠為了爭取某個鄉鎮的公共建設建材發包，要去走動走動。這個叫做老宋的男人如此直言不諱讓我覺得訝異，不過他沒有繼續說下去，他只是跳上床，戴上耳機，開始看起車上液晶電視提供的相聲節目。

我躺在床上發呆，林雅珍這時偷偷地把我先前代墊的火車錢塞給我，我轉過身去，在暗地裡數錢，動作小心翼翼，如同剛學會打手槍的青少年那樣地遮遮掩掩。畢竟，在旅行途中，財不露白的禁忌，使得大庭廣眾掏出鈔票，都像是公然掏出性器官那樣的刺激危險。

兵馬俑、賣菜大嬸和蔣介石

絲路分手旅行

宛若希區考克電影《鳥》中發動攻擊的旅遊禿鷹

火車在八點三十七分準時抵達了西安。揹起行李下火車，走出月台的時候，小醫師說如果我們的目的地都一樣是絲路的話，是否可以結伴同行？

我說：「你要跟我們走，彼此照料、均攤旅館車資，當然歡迎。不過我們很難相處喔，話也不多，你最好自己有心理準備，要是覺得受不了了，要離開的時候直說也無妨喔。」

小醫師點頭說好。如此，旅途便像《綠野仙蹤》一樣，多了一個旅伴。

行走在幽暗的地下道，兩側是「歡迎來到西安」和「西安交通大學招生」的燈箱廣告，遠處隱約有人聲鼎沸，光亮處便是出站口，而絲路的開始就在那個光亮的盡頭。出了車站，抬頭看見高掛車站屋頂，斗大醒目的「西安」二字，那兩個字不知是什麼材質造就而成，字體的白色是一種接近保麗龍的白，但表層塗著一層暗淡的紅色，像極了鮮豔春聯褪了顏色，那樣髒髒舊舊的色彩，便在我的西安記憶打了一層黯淡的底色。

我們面前有鐵皮籬笆橫斷視線，馬路被開腸破肚，地下道的工程正在進行著。漫天風沙中，旅遊掮客像是禿鷹見到獵物一樣向我們撲來。Discovery說切記不要直視猛禽眼睛，否則會惹來猛禽的攻擊，這樣的生態法則同樣適用於招攬生意的旅館掮客和計程車司機。小醫生不小心瞧了這些禿鷹掮客們一眼，掮客們如同希區考克《鳥》中的猛禽撲殺過來：「三星標房帶衛浴間的，看看吧！看看吧！」、「上華山、上華山，馬上開車」。

「すみません、私は日本人です。」林雅珍用日語堵住了掮客們的嘴，不諳日語的掮客們果真都乖乖的閉上嘴。

小醫師說旅遊書有提到火車站對面有一個解放賓館，是三星賓館，交通方便價錢公道。前去詢價，雙人標準間兩百四十塊元。看過了房間，空間還算寬敞乾淨，夜裡入睡之前可以把一張彈簧床墊搬到地上，一個床板兩個床墊，三人入住也綽綽有餘，價錢均攤過後尚可負擔，砍價到一百九十五塊便不再議論，當下決定入住。

偷睡朋友老婆的兵馬俑

放下行李之後，旋即到賓館旁的旅遊辦事處詢問西安旅遊的價目表。華山兩百六十塊、兵馬俑華清池兩百二，大雁塔、小雁塔市區觀光一百四，在詢價之際，又有旅遊掮客在一旁鼓譟：「九人座小巴士去兵馬俑，一人一百二百塊。空調車、空調車。」

林雅珍問那是馬上開車，還是等招攬客人直到滿座才開車呢？掮客回答：「等客人坐滿了，馬上就發車了。」林雅珍機敏地識破了包裝在這話語的狡猾修辭：「那人如果兩個小時不來，我們豈不是要枯等兩個小時？」當場拒絕，轉身離開，結果門口就有旅遊專車，來回二十塊。

等候開車空檔，在站牌旁的小吃攤買了西安的風景明信片和食物。兩塊錢的肉夾膜、旺旺仙貝、和娃哈哈礦泉水就是今天的午餐。林雅珍說礦泉水上面的人頭看起來很娘，多像王力宏呀。我說：「是王力宏沒錯呀。這是正牌的娃哈哈礦泉水，所以上面是如假包換的王力宏，只是照片修得太過度了，太完美了，所以看起來反而不真實。」

林雅珍問：「那還有冒牌的哇哈哈礦泉水嗎？」

「那當然，」我說，「你有哇哈哈礦泉水熱賣，我就祭出笑哈哈蒸餾水。非但名字一樣，連包裝照片上舉著礦泉水笑哈哈的代言明星也可能一個只是很像王力宏的阿貓阿狗。反正中國地大物博，尋覓幾個超級明星臉也不是什麼難事，什麼東西都有人賣，什麼東西都有人仿，連長城也有假的長城。」

林雅珍說：「長城就長城，怎麼可能有假長城？」

我點頭如搗蒜：「真的，真的。北京有人隨便把長城當中一個不怎樣的段落整治乾淨，也立了『不到長城非好漢』的石碑。旅遊禿鷹們把外地遊客載來這裡一丟，說『咱們到了居庸關了』。外地遊客初來乍到也難辨真偽，別人說是居庸關，就真的以為自己是登上了長城的好漢，搔首弄姿在一個謊言當中合影留念，也樂在其中。」

林雅珍詢問這是否為我個人的親身遭遇。我回答是在北京讀報紙看來的，林雅珍說：「那搞不好是你看到了假報紙。」

車子往潼關寶雞的方向開過去，沿途凋蔽殘敗，工業區廠房的煙囪火舌亂噴地舔噬著天空。來來往往的貨運大卡，委實很難想像眼前灰濛濛城市的過去是如何碧麗輝煌。

從西安火車站到兵馬俑的展覽場地車程約三十分鐘。巴士終點站是一個民藝店，店門口陳列著真人大小的陶俑。民藝店步行十分鐘即可來到兵馬俑博物館的售票口，票價為九十元（分淡旺季，淡季為六十塊），相當於一個上海餐廳服務生十分之一的月薪。憑學生證可以獲得半價優待。

喜孜孜地對林雅珍說意外得到折扣，有一種「撿到了便宜」的開心。中國學生證簡直寸步難行，看電影剪頭髮沒有優待不講，連逛個魯迅公園也要收一塊錢的門票。林雅珍很訝異在中國逛公園也要收錢，我說沒有什麼好訝異的，公園裡面如果有特殊景點，諸如什麼名人紀念館、樓台香榭還有另外的收費哩。「所以啦，你可想而知在這裡得到了四十塊人民幣的『鉅額』優待我有多麼的高興了。」

「你只有在這種貪小便宜的時候，才會覺得自己是一個學生吧。」林雅珍說。

排隊的時候，小醫師正在閱讀一本西安旅遊手冊，他極為專注地閱讀，完全不被周遭環境干擾，肅穆神情好像等一下要去考聯考似的。小醫生的旅遊極有計畫，該吃的地方小吃、必遊的風景名勝全濃縮在一張A4規格的回收紙。林雅珍將旅遊計畫書借過來拜讀，那計畫書像是小學功課表一樣，星期一西安、星期二華山、星期三蘭州……活動以上午下午為單位，把兩個禮拜的行程都規劃好了。

林雅珍和我看了歎為觀止。「你看看，你看看，」林雅珍刻薄地奚落我，「旅行態度如此嚴謹，人生的態度應該馬虎不到哪裡去吧。這種嚴謹大概是人家是醫生，而你月收入兩萬八的差別。」

「閉嘴！感情失敗的女人沒有立場指摘別人的不是，」我說，「哼，嚴謹的旅行態度在中國是派不上用場的，妳猜他第幾天會忍受不了我們的散漫，然後跟我們拆夥？」

果真兩造旅遊的態度決定了我們參觀兵馬俑博物館的時間速度。博物館三坑一廳，小醫生混在旁人的旅行團之中，仔細地聽導遊解說講解，臉上的審慎神情可以去演出總統視察地方建設的戲碼，而我們只是走馬看花，沒有太多的學識涵養當背景，好惡都憑當下情感。

旅遊書中兵馬俑的照片太大太雄偉，現實中的展覽場太小太寒酸。到頭來我們用一種討論偶像明星的口氣，對那些栩栩如生的兵馬俑品頭論足起來。前方那個長得像是古天樂的，眼角眉梢都是勾引，看起來就是會偷睡朋友的老婆，而且從秦朝就會；後面那個一臉鳥樣的，就像是會在同事背後捅人家一刀。電視看太多了，我的旅遊態度全部奠基通俗文化。歷史常識過於淺薄，世界八大奇景經不起我們一個小時的踐踏——如果金庸有寫秦朝的故事，也許狀況會好一些也說不定。

賣菜大嬸的《長恨歌》

下午搭旅遊巴士順道到華清池。因為有了前車之鑑，所以花十塊錢請了一個導遊講故事。我們找一個四十歲的中年婦人當導遊，這個沒有正式牌照的婦人言談舉止就像是菜市場賣菜的大嬸，賣菜大嬸像是背稿子一樣地導覽著：「華清池在驪山北麓，緊倚臨潼城區，歷史悠久，堪稱為中國現存最古老的園林。相傳在三千年前，周幽王就曾在這裡修建過驪宮；秦始皇時以石築，叫做驪山湯；漢武帝時擴建為離宮；到唐太宗貞觀十八年和唐玄宗天寶六年兩次大肆擴建，治湯井為池，環山列宮室，宮周築羅城，改名華清池。著名詩人白居易在〈長恨歌〉中留有『春寒賜浴華清池，溫泉水滑洗凝脂』的名句……」

賣菜大嬸帶領我們在園林之間穿梭，她詳盡地為我們指點哪個池子是唐玄宗沐浴的蓮花湯，哪個池子是楊貴妃沐浴的海棠湯。但是白居易〈長恨歌〉從賣菜大嬸那種八婆口氣中說出來，活脱就是隔壁村莊哪一樁公公和媳婦通姦扒灰的醜聞。

遊園的時候恰巧趕上霓裳羽衣舞的整點表演。賣菜大嬸說我們可以坐下來稍作休息，等到看完表演之後再逛逛也不遲。號稱仿唐歌舞的霓裳羽衣舞表演極為粗糙，身著螢光蘋果綠羽衣的舞孃，面目模糊得好像路人一般，跳起舞來有氣無力的，只是隨意地比畫。壓軸的楊貴妃出來的時候，旁邊的遊客很不留情面地批評：「太瘦了，怎麼找一個這麼瘦的女孩來跳楊貴妃，太沒說服力！」我們在呵欠當中前往西安事變的舊址，希望這個大有來頭的歷史現場可以為遜色的華清池扳回一城。

蔣介石的五間廳

不管是這個五間廳，還是台灣的慈湖、士林官邸，蔣介石的房間從來就沒有什麼花里胡哨的裝飾，極簡到就只是一個空間。那個絕對跟什麼安藤忠雄的禪意沒有什麼必然關係，如果不是個性怕麻煩，就是為人猜忌多疑，因此房間不允許有多餘的事物吧。

一九三六年十月初，蔣介石到西安給張學良、楊虎城施加壓力，推行「攘外必先安內」政策。但張學良竭盡所能向蔣介石進諫，希望他以抗日為先。十二月七日，張學良到蔣介石下榻的華清池，以「哭諫」同蔣介石爭辯達三個小時之久。最後，蔣拍案而起：「你現在就是拿手槍將我打死了，我的剿共政策也不能變。」十二月八日，張、楊決定以武力迎接蔣委員長來西安，迫蔣介石走上抗日的道路。十二月九日，西安學生二萬多人遊行，準備到華清池向蔣介石請願。蔣介石要張學良前去制止，如果學生不服，要「以武力彈壓」，「以機關槍掃射」。張學良深怕學生受到傷害便前去阻攔。他面對學生慷慨陳詞：「各位同胞、同學，我張學良不是不愛國的，我的心情是和你們一樣的……請你們大家相信，你們的救國心願，我不忍辜負，在一星期內，我用事實答覆你們。」

十二月十二日凌晨，張學良殺進華清池，與蔣的衛隊交火。蔣聞槍聲，倉皇從就寢的五間廳後牆逃走，爬上山坡隱蔽，被張學良的衛隊搜索發現後捕獲。張、楊以「兵諫」扣留蔣介石，要求立即抗日。何應欽在內親日派在潼關結集，派大隊飛機在西安上空示威。二十三日，周恩來、張學良，同宋子文、宋美齡舉行談判。蔣介石方面同意了聯共抗戰的條件。二十五日，他被釋放，並由張學良親自護送回到南京。

展示廳掛版上的歷史陳述，與我在高中歷史課本理解的事實明顯不符。歷史真相在各自對立之間淹沒。一顆子彈各自表述，兩造各說各話，或許和電視中的福音頻道與慈濟大愛台一樣，是永遠不會有交集的平行宇宙吧。

华 山
HUASHAN
华山西
公庄
潼关

帶一本《笑傲江湖》上華山

絲路分手旅行

馬戲團貨櫃列車

去華山，自然是為了郭靖和令狐沖。

或者是說在中國行走，很難不帶一本金庸出門。飛雪連天射白鹿，笑書神俠倚碧鴛，說三十六本武俠小說折合成一冊中國旅遊指南，其實也未嘗不可。神州行腳，逢山有派，遇水有幫。縱使神鵰俠侶絕跡江湖，但是大理有段譽，雁門關有喬峰，刀光劍影的想像別有一番趣味，沒有道理不拿這樣虛擬江湖對照真實河山。

才寫完處女作《書劍恩仇錄》，金庸就迫不及待地在《碧血劍》當中把袁承志送上了華山學功夫。射鵰三部曲中五大高手論劍華山爭奪一本《九陰真經》展開武林百年恩怨，華山從此打響了名號。到了《笑傲江湖》，金庸大俠乾脆把故事舞台直接搬上華山，所以華山這個地方是怎樣也不可以錯過的。

早上六點到火車站買車票。才剛到車站，一個矮小中年女人走過來跟我們並肩。

「去華山嗎？去華山嗎？」揹客們一律都是曬傷的通紅臉龐，醬黑色的衣著。我們沒有搭腔，自顧自地到月臺窗口買票。

婦人鍥而不捨地跟著我們排隊。「跟著我們上華山吧，跟我們上華山吧，現在買不到票的。來回載你們去華山山腳下，四十塊就好，你們現在肯定是買不到票的。」婦人像是《馬克白》中的女巫詛咒著我們。

而我們果然被她詛咒中了，沒有買到座位。只能搭四川開往山東 K16 普通硬座列車，二十塊。所謂硬座沒有座位其實是不用對號的意思，要坐要站完全各憑本事，我跟林雅珍小醫師各自散開，自求多福。硬座車廂地上都是花生殼和果皮紙屑，要多髒有多髒。幸運地看見一個空著的位置，詢問沒有人之後就放膽的坐下來。一張椅子三個位置六個人面面相覷地對坐著，乘客之間除了嗑瓜子吃水果高聲聊天，還會不動聲色地打量著對方。整車的乘客不脫農民的氣質，臉部的表情、說話的神氣，都有一種要去逛市集的亢奮。我對面兩個男孩二十歲上下，鄧小平一樣的四川口音，向坐在我身邊的少女要電子信箱，「跟哥哥去山東玩吧，山東挺好玩的！」兩個男孩和女孩演著古裝劇痞子調戲民女的老套戲碼，我只得將頭轉到窗外，看起自己的風景來。（不然要像是令狐沖拯救儀琳小師妹一樣，跳出來跟他們打一架嗎？）列車南面是層巒疊嶂的黑色山脈，列車北面則是一望無際的汾渭平原，下雨了，風景中有煙霧繚繞。

武俠小說經濟學

我看著車窗外的莊稼，心底想著一個問題，看看這些莊稼是否可以解決多年以來心中的一個疑竇：華山派，或者是說武林中的名門正派到底靠著什麼維生？華山派因為劍宗、氣宗路線之爭上嵩山找左冷禪評理，途中遇上了狙擊。令狐沖用獨孤九劍退敵之後，岳夫人說：「嵩山是不必去了，但既然出來了，也不必急急的就回華山。」岳靈珊提議可以到福州小林子家去玩，福建龍眼又大又甜，又有福橘、榕樹、水仙花。岳夫人搖搖頭，說道：「從這裡到福建，萬里迢迢，咱們哪有這許多盤纏？莫不成華山派變了丐幫，一路乞食而去。」

小時候看到這句話簡直像是牛頓被蘋果打到一樣的驚駭莫名。原來英雄劍客也有錢的煩惱。武林江湖有時候實在是一個太詭異的時空：俠客瀟灑地揮揮衣袖，不帶走一件換洗衣物，千山獨行，但是衣著永遠雪白如新。下榻客棧不看價目表，瀟灑地喊：「小二，一碟牛肉四兩白乾。」始終不用買單付錢。江湖玩膩了，就嚷嚷要找一塊土地養小雞養小鴨，絕跡江湖。金錢對俠客來說從來不會是問題，江湖是一個無產階級的樂園。

金庸對江湖兒女金錢的來歷都含含糊糊的。唯一的例外是《飛狐外傳》的五虎派。有一個店小二跟胡斐解釋鳳南天的來歷：

鳳老爺在佛山鎮上開了一家大典當，叫作英雄當鋪；一家酒樓，便是這家英雄樓；又有一家大賭場，叫作英雄會館。他財雄勢大，交遊廣闊，武藝算得全廣東第一。鎮上的人私下裏還說，每個月有人從粵東、粵西、粵北三處送銀子來孝敬他，聽說他是什麼五虎派的掌門人，凡是五虎派的弟兄們在各處發財，便得抽個份兒給他。胡斐繼續追問。店小二就說：「這些江湖上的事，小的也弄不明白。」

金庸沒說，所以幫派的經濟來源，讀者也弄不明白。

後來翻陶希聖的《唐代寺院經濟》，由唐代寺院的管理模式才大致明白少林寺、恆山派的運作方式：書中說唐代各寺院經濟獨立，分工明確。每年農曆正月中旬，寺院住持聘請有關人員，掛牌示眾。副事總管經濟，典副分管錢銀，知產分管田地，巡山分管山林，庫頭分管倉庫，飯頭分管伙食，菜頭分管蔬菜，茶頭分管茶水。

至於經濟收入有帝王供給、農林畜牧業的自營生產、募化資助等項。所謂帝王供給指的是賜經修寺，撥款賜田、免其賦稅。免其賦稅的模糊地帶讓寺院成為了許多富豪兼併土地及其他財富的重要手段。歷代中國寺院的經濟管理制度通常就是透過這種賜予、布施、兼併，取得大量田產。虛竹時代的北宋少林寺，寺院佔田約在十五萬頃上下，約占全國墾田的百分之二，寺院把土地出租給佃戶當起地主來；到了《倚天屠龍記》時代，趙敏的蒙古族入主中原，帶來了農奴制和依附關係。元朝勞役繁重，但是僧尼有免役權，寺院莊田一般也免收租稅，所以朱元璋等一般貧困百姓才會為逃稅役，競相出家為僧。但是華山派呢，也沒有宗教保護，也沒有經營副業，到底要怎樣營運下去呢？這個問題還來不及細想，就已經到了華山了。

英俊的無賴

出了月台的第一件事情就是買回程的車票。華山車站相當破敗，車站的木頭門戶有一種宗廟祠堂的幽暗氣息。挑高空間在濕冷下雨天只是一片空洞的黑暗，裡頭買票等車的人影，無聲晃動如鬼魅。沒有買到回程車票，但管不了那麼多了，因為也不知道在華山要耽擱多久，所以只好下山再設法了。問售票員上華山的巴士在哪裡搭乘，當然一問三不知的反應是意料中的事情。在門口研究是否會有一些上華山的訊息，有一個旅遊掮客走了過來。

「上華山吧，是不是要上華山，打個D（搭計程車），現在公車很難等的，一個小時不一定等得到。」

掮客是一隻相當高大英俊的男人，當我開口詢價的時候，心中也不懷好意的想著：「嗯，也許令狐沖當今還在華山派，作為大師兄的他，搞不好也要在車站這裡開計程車當掮客吧。」

「四十塊。」我脫口而出。

「四十塊?!你給我呀，看這地圖上的距離了不起二十華里，上海那樣坑錢的地方照錶計算也沒這樣貴。」看到長相英俊的人這樣亂開價，火氣上來得更快了。

「下雨天這裡公車很難等的。」

砍價攻防戰略即是先露出高度的興趣，然後狠狠拒絕：「你這擺明是坑錢，二十華里我們了不起走個把鐘頭就到了，來華山就是爬山走路，還會怕走這一小段路不成。」我拉小醫師、林雅珍作勢走了一小段路，果不其然令狐沖就開著計程車追了上來：「好啦好啦，二十就二十。」

「十五，華山山門售票口!」

令狐沖臉色一沉：「那不成。這我划不來。」

我擺擺手說：「我們走上去吧，謝謝。」向前走了幾步路，小醫師在我耳邊說：「真的要走上去呀?」我說：「放心，他會再回來的，你從一數到十他就回來了。十、九、八、七、六——」

果真我們背後有汽車喇叭心不甘情不願地響起來了。令狐沖探出頭來說：

「十五塊就十五塊，上車吧。<)%(#」

「十五塊，華山山門售票口！」

令狐沖最後嘀咕了一句不知道是什麼，但應該是對我說髒話吧。車子在一片泥濘的小路中顛簸，沿途經過一個農村，農婦在雨天的田地中勞動，老農夫趕著牛隻在路上行走著，彷彿是張藝謀電影中的風土人物，農舍的圍牆寫著「生育計畫」。拿起背包中的相機要拍照，但車子飆得飛快，什麼都沒來得及拍下。

「大哥開慢點行不？」坐我身旁的林雅珍去拍打令狐沖的椅背，令狐沖車子開更快了。

「大哥開慢點，行不？」林雅珍重複了一句。令狐沖踩了煞車，隨意在路邊停車：「對面馬路走上去就是華山售票口。十五塊。」

「十五塊到華山登山口，剛剛這樣說的，車子開上去，要不你一毛錢也拿不到。」

令狐沖頭轉過來開始罵髒話，這次我聽懂了，他講操你媽。

「操你媽，你想搭霸王車是不是？你在誰地盤？」

「十五塊到華山登山口。」林雅珍也跳進來了。我說：「你有種就載我們去公安局。」

令狐沖聽到這句話整個人都捉狂了。他轉過身，一隻手撲過來作勢要拉我的衣領：「操你媽，你少拿公安壓我，我才被關二十年出來，公安我都不怕了，我還怕了你不成？」

「載我們上去，說好的十五塊你一樣拿得到錢，要不把事情鬧大，你看看要不要再關二十年。」林雅珍說話又像安撫又像反擊。

令狐沖沒有搭腔，沉默了五六秒鐘……那真是可怕的五六秒，到底他下一句話會是什麼，我們都無法預料。我無法預料這個陝西人的下一步，就像我也無法預料坐在他身旁的小醫師居然只是雲淡風輕地看風景，一副事不關己的樣子。對他而言，為了五塊錢吵成這樣火爆或許相當無聊，但是無聊的事情發生就是發生了。吵架這種事情是一出口就無法收嘴，只要一吵架，就非贏不可。

地老天荒的五六秒過去了。令狐沖把油門一踩，方向盤一轉，車子調頭到我們不知道的方向去。腦中快速的閃過幾個步驟：開門跳車、探頭喊救命，如果他真的被關二十年，他接下來會怎樣做？

車子開往華山（他不會是要毀屍滅跡吧？）。他在售票口急踩煞車。車未停妥，又有掮客如禿鷹撲過來兜售手套雨衣。我們急忙下車，我丟了十五塊。在車上的令狐沖兔起鶻落，猛然抓住了我的衣襟：「你們這些外地人別動不動就拿公安壓我。」我撥開他的手還要發話，就被林雅珍跟湧上來的掮客支開。

華山門票六十塊，學生證有抵十塊錢的折扣。買票的時候林雅珍說總算是有驚無險了。我說小醫生真不夠意思，我們在吵架也不會幫腔。

林雅珍說：「為了五塊錢有麼好吵的。」

「Shit。」我突然脱口而出。

「怎麼啦？」

「剛剛吵架的時候有人賣塑膠雨衣，我拿十塊錢跟他買一件，剩下的五塊錢忘了拿回來了。」

丘處機的華山導遊

從入山門搭車還有二十分鐘的車程才算真正的登山口。沿途山勢相當的險峻，在《射鵰英雄傳》倒數第二回，金庸就借由丘處機的嘴，向郭靖導覽這段路的風景：

那華山在五嶽中稱為西嶽，古人以五嶽比喻五經，說華山如同春秋，主威嚴肅殺，天下名山之中，最是奇險無比。兩人登山見到一塊大石擋路。丘處機說此石叫作回心石，上去山道奇險，遊客至此，就該回頭了。前方又有一個小小石亭，是賭棋亭了。宋太祖與陳摶曾奕棋於此，將華山作為賭注，宋太祖輸了，從此華山上的土地就不須繳納錢糧。

後來郭靖經過千尺峽、百尺峽，行人須側身而過。心想若是有敵人在此忽施突擊，那可難以抵擋，只要被敵人一擠，非墮入萬丈深谷不可。華山被金庸描寫得越嚴峻險惡，華山論劍也就更精彩刺激。而奇山峻嶺可以試探俠客身手，更可以表明戀人心跡。郭靖黃蓉在此重逢，但黃蓉負氣一路上山，郭靖又窘又急，只得悶聲不響地跟隨在後。金庸寫道：

黃蓉走得快，郭靖跟得快，走得慢，郭靖也跟得慢。她走了一陣，忽地回身，大聲道：「你跟著我幹麼？」郭靖道：「我永遠要跟著你，一輩子也不離開的了。蓉兒，我在這裏，你要打要殺，全憑你就是。」

黃蓉道：「今日你跟我好了，明兒甚麼華箏妹子、華箏姊姊一來，又將我拋在腦後。除非你眼下死了，我才信你的話。」

郭靖胸中熱血上湧，一點頭，轉過身子，大踏步就往崖邊走去。這正是華山極險處之一，叫做捨身崖，這一躍去自是粉身碎骨。黃蓉知他性子戇直，只怕說幹就幹，急忙縱前，一把抓住他背心衣衫，手上一使勁，登足從他肩頭躍過，站在崖邊，又氣又急，流淚道：「好，我知道你一點也不體惜我。我隨口說一句氣話，你也不肯輕易放過。跟你說，你不用這般惱我，乾脆永不見我面就是。」

她身子發顫，臉色雪白，憑虛凌空的站在崖邊，就似一枝白茶花在風中微微晃動。郭靖當時管不住自己，憑著一股蠻勁，真要湧身往崖下跳落，這會兒卻又怕她失足滑下，忙道你站進來些。黃蓉聽他關懷自己，不禁愈是心酸，哭道：「誰要你假情假意的說這些話。」兩人打情罵俏終究言歸於好。

小說中的這個捨身崖，搭纜車五分鐘就到了。登山口又是雨又是霧的，根本無法爬山。這樣白白下山實在不甘心，只得花了一百二十塊搭纜車上車。纜車在雲霧中緩緩滑動，白茫茫的什麼都看不清楚，只能錯把馮京當馬涼胡亂想像這裡是風清揚傳授令狐沖獨孤九劍的思過崖，那裡是楊過小龍女拜拜的玉女祠。上了北峰頂，我們只能賭爛地拍照，然後敗興下山。

什麼都沒看見，空白的雨和霧，冰冷的天氣和吵架的火爆，這就是我的華山印象。

碑林石頭記

絲路分手旅行

吳宇森的兩隻老虎

作了一個下雨的夢。跟以前的情人在九龍彌敦道話別，以前的情人必須去面試，我則去逛街和吃雙皮燉奶，打發等待的時間。大雨滂沱，站在下榻的小旅館門口，我們撐著傘笑著說再見。我和情人背道而馳，漸行漸遠。真實中的經歷在夢境裡面再遭遇一次。張開眼睛來仍然聽見清晰的雨聲，窗外在下雨，雨從夢的裡面下到夢的外面。醒來發現自己對身處房間的壁紙花色，和身上的床單被褥全然陌生。「我現在到底在哪裡呢？」腦海中浮出了這樣的疑問，轉頭看見躺在隔壁床上抽菸看電視的林雅珍，意識才清醒地把自己拉回旅行的現實之中。

林雅珍看見我醒過來便冷冷地說：「你知道現在已經十二點了嗎？我幾乎

都要把手放在你的鼻子下測試你有沒有呼吸了。」

雖然被林雅珍這樣奚落，但是我仍然沒有起床的意思，整個人沉浸在一床溫暖的睡意當中。我躺在床上努力地回想剛剛那個夢境的細節，如果不這樣深究的話，我下床刷牙洗臉之後可能就會忘記了夢的內容。回想到一半的時候，突然發現房間當中怎麼少了一個人。

「小醫師呢？」我問林雅珍。

她說：「一早就去逛大雁塔、小雁塔啦。最好這就是你嘴中嚷著的療傷之旅。你以為這樣一直睡、一直睡就可以忘記一個人嗎？」

我說：「哼，妳根本和我是一路貨，如果妳真的是那麼勤勉的女人，妳早就跟有為的青年走了，還會裹在廉價旅館髒髒黏黏的被單中，盯著無聊的電視節目看咧？」

林雅珍並沒有搭腔，她只是專心的看著她的電視。

我好奇地把目光投注到電視上，結果發現林雅珍看得津津有味的電視節目居然是潘迎紫、小彬彬、泰迪羅賓和徐克演的《兩隻老虎》。那已經是二十年前的片子了，故事是類似乞丐王子那種雙胞胎錯認身分的鬧劇。朝臉上丟蛋糕、被炸藥炸得灰頭土臉、踩香蕉皮跌倒……電影裡面的橋段用現在的眼光來看顯然相當的粗糙，林雅珍突然轉過頭問我：「你知道這個電影的導演是誰嗎？」

「誰？」

「吳宇森。」

「難怪打鬥的時候，場景裡面有一堆鴿子飛來飛去。」

我們很投入地把那個片子看完。因為確知了是吳宇森的手筆，所以就抱持著一種「作者論」的研究態度，想找出一些《喋血雙雄》、《英雄本色》的蛛絲馬跡。但是看完電影的感受就像是知道了周星馳出道時也主持過兒童節目一樣的錯愕。「原來你也會有這樣的過去！」的念頭在心中油然而生。從邵氏到新藝城，在這等商業導向的電影製作環境下，導演地位像是出口區加工廠的領班。三十歲的吳宇森在拍《兩隻老虎》這種鬧劇的時候，腦中可會開始構思如同歌舞片一樣神采飛揚的槍戰場面？他會自信滿滿的告訴自己：「有一天一切都將會不同，我一定會拍出屬於我自己的傑作」嗎？

躺在床上想著這樣的事情。時間是下午兩點半，在千年古都的旅館中莫名其妙地看了一個二十年前的老片子，感覺時間的走動又更為遲滯了。

「我不喜歡西安。」我說

「我也是。」林雅珍回答。

林雅珍說完，我沒有接話，我們只是繼續躺著，沒有人打破沉默，也沒有人有起床的意願。我一個人聽著 iPod 裡的凱莉・米洛。

武斷地對這個城市下了評語。從兵馬俑博物館回來的那天起，西安便開始下雨，城市到處是積水和油汙彩虹，我們被困在大雨當中哪裡也去不了。

林雅珍和我總是太習慣了沒有目的地的旅遊方式，只要能夠避開朝九晚六，打破生活既定的慣性和習癖，有足夠的新鮮刺激讓我們感覺到自己是活生生的存在著，這樣不管去到哪裡，對我們而言都會像是旅遊。我和她的旅行只是尋求一種打發時間的方式，隨意的漫遊，純粹的發呆。一個腳步無可避免帶出另一個腳步，一條街橫越過另一條街，疲憊說要在哪裡停止，我們就在那裡停止。但或許是下雨天、或許是這個城市本身的屬性，西安完全不適合無所事事的漫遊。這裡的馬路雖然筆直寬敞，但是建築毫無特色。西安是歷史名城，同時也是西部大開發的「戰略城市」，而正因為它不是沉湎於輝煌的過去，就是飄渺地寄望一個遠大的未來，完全沒有所謂活生生的「現在」，所以才讓人感到沉悶的吧。

在瀰漫著潮溼霉味的陰暗房間中，如果來點大麻的話，那麼這麼懶洋洋的氣氛，就會讓我們誤以為是置身在傑克．凱魯亞克的嬉皮小說裡。在凱魯亞克的時代，嬉皮們在權威破滅之後，發現生存的年代只有懶洋洋的和平，他們用一種虛無的態度過活著，像吉普賽人似的到處旅行。但是到了這個時代，嬉皮大概已經淪落成 IZZUE 某一季時裝的設計概念了吧。因為聯想到凱魯亞克了，所以思路分岔到了「《在路上》的主角到底叫什麼？」，但是無論怎麼拼命想，就是想不起來。明明知道那個人的名字，但是連第一個字是什麼也不知道，那種努力要回想，卻一點線索也沒有的短暫失憶很痛苦。

「唉呦，好想上網喔。」

「喂，你太沒用了吧，你不是信誓旦旦地要拋棄網路生活嗎？」

我抗辯：「我是要用 Google 查詢凱魯亞克和嬉皮的事情呀，我想知道這個世界還有沒有嬉皮。」

「不要說得這麼冠冕堂皇，嬉皮都在街上，不會在網上的，我們還是出去走走吧，」林雅珍到底是受不了這樣的散漫，而做出了果斷的決定，「我們這樣對西安不公平。」

政治正確的羊肉泡饃

懷著「不能再這樣繼續下去」的決心，我們搭一塊錢的雙層巴士到市中心閒晃。在地標性的鐘鼓樓下車，打算以鐘樓、鼓樓這兩座興建於明代的氣派塔樓作為出發點，採取步行的方式去理解這個城市。但是大小雁塔、回民一條街等這些在鐘鼓樓附近的景點前一兩天都逛過了，實在想不出周遭還有什麼有趣的景點可以探勘。

「去看電影好了。」林雅珍建議著。

林雅珍的建議正合我意。我很習慣從電影院、書店和超級市場去理解一個城市，如果可以到西安的電影院看看電影，或許就可以知道這個城市的年輕人腦子裡大概都在想些什麼。

但是哪裡有電影院呢？提出了一個建議，新的問題又來了。鐘鼓樓附近有金花廣場等熱鬧的商圈，我們決定往人多的地方走，電影院蓋在人潮洶湧的地方，應該是一個放諸四海皆準的鐵則。

但是走過了兩條街，我們的腳步卻在一個飯館停下來了。看到飯館的招牌，突然想起來昨天晚上小醫師似乎來這裡用餐。「這個飯館小醫師相當推崇，」我說，「老孫家羊肉泡饃來頭似乎不小，中國好像有什麼十大名店的排行榜，這個飯館好像跟全聚德、狗不理包子一樣，名列其中。」

我們把找尋電影院的任務拋在腦後，很高興地走進去吃東西。飯店大廳沒有什麼裝潢，採光不好的偌大空間在牆上掛了好幾片看板，密密麻麻的小字，像是宣揚什麼十大建設政績一樣的口吻介紹了飯館的歷史：

老孫家飯莊是陝西省西安市的重要涉外接待視窗。企業從創建之初到解放後公私合營以至後來過渡為國有企業，由於特色鮮明，飯菜滋味純正，近年來，飯莊先後成功地接待了江澤民、李鵬、朱鎔基……等黨和國家領導人以及八十多個國家首領、中外知名人士、港澳臺同胞十萬餘人，顧客滿意率始終保持在98%以上，被原中央軍委副主席劉華清譽為「天下第一碗」。

「飯店總經理以其出色的管理才能和卓越的業績先後被國家授予全國民族團結進步模範、全國內貿系統勞動模範等光榮稱號，」林雅珍像是唸台詞一樣小聲地唸過一遍，「靠，好政治正確的飯店。」

如此政治正確的餐館卻相當階級地以價位劃分不同的用餐區域，而我們當然也很可恥的上了二樓的高級用餐區。但所謂的高級用餐區也只是空間挑高，桌次稀少，並沒有什麼富麗堂皇的空間設計。置身那個沒有什麼照明的陰暗房間點菜，有一種在戶政事務所或是郵局一類的公家機關吃飯的錯覺。我們不抱任何期待地點了羊肉泡饃、滷牛肉跟青菜，結果卻異常的美味。湯頭非常清爽，羊肉肉質也相當鮮美。

吃飽飯買單，一個人總共是三十塊，在拮据的旅行當中，算是相當奢侈的餐點。飽餐之後，心情也開朗起來，對這個城市也產生了一些好感。步出了餐館，發現緊臨著飯莊的小巷口有路標指示著碑林博物館的去處。

即使我跟林雅珍對書法都一竅不通，但是生理的食慾得到滿足之後，想想從事一些形而上的文化陶冶也許是不錯的選擇，當下便決定前往碑林博物館。

下雨的天氣，一地的泥濘，我們避開路上的水窪，但是褲管還是濺上斑斑點點的泥漿。沿途經過好幾家販賣殯葬花圈的商店，「難道碑林是墓碑的博物館嗎？」我心中不禁這樣納悶著。這時候，走在前面的我發現有趣的東西，而蹲了下來，林雅珍走過來，問我看見什麼。

「吶，就是這個，不知道誰不小心掉來的。」

林雅珍不以為然地說：「不就是飯菜嗎？」

「你看這個飯菜有雞腿、獅子頭、青菜，看起來非常的豐盛，少說也要五塊錢，看這個油漬還沒有被雨水沖刷掉，可能是掉落在地上沒有多久吧。」我像 C.S.I. 的鑑定人員對地上的這堆飯菜指點起來。下雨的天氣中散落在地上的飯菜看起來格外辛酸落魄。如果是一個替媽媽出來買晚飯的小孩現在一定會被毒打一頓吧！下了好幾天的雨，散發著一種隨時隨地都可能會感冒的虛弱氣息，導致我的想法也晦暗起來。

碑林

不過到底是要感謝這樣纏綿濕冷的雨，我們才能在碑林博物館享受了一個寧靜舒適的下午。

碑林博物館位在西安孔廟當中。孔廟裏面有幾棟青色瓦房構築了整個安靜的院落，珍貴的碑石就在瓦舍裡面被整齊擺放成一道道碑牆。上至兩漢，近至民國，碑石的內容涵蓋了歷史、文化、宗教、地理等等範疇，刻在碑石上的書法，展示著文字形體和和書法藝術的演變發展。

雖然對書法完全一竅不通，但是徜徉在其中，不免還是會有一種「呀，真是了不起啊！」的讚嘆在心中迴響。碑林廣場的正中央，有一座兩層高的碑亭，上頭懸掛著巨大的匾幅，用金字寫著「碑林」兩個大字。碑亭展示唐明皇親自書寫的石台孝經碑，因其體積最大，又最早被移入碑林，被稱為第一碑。統治階層把文字銘刻在堅硬的石頭上面，或許會使要宣導的價值觀更有魄力。恢弘的《開成石經》共計一百一十四塊兩公尺巨大的碑石，雙面刻字計兩百二十八面。這組成就於唐朝開成二年的碑石展示著《尚書》、《詩經》、《論語》等十二部儒家經典。我在這些碑石上面尋找中學國文課本中背誦的句子時，發現了「執子之手，與子偕老」這句范柳原企圖誘姦白流蘇的魔法對白。同樣一句深情的承諾，無論是以口頭說出，或是寫在輕薄的紙面上，遠遠沒有刻在石頭上來得意志堅定。手寫的情書往往比親口說出的愛意更有份量，或許字很醜，但是畢竟是屬於自己獨一無二的醜，醜到底了，就有不可被取代的特殊性。愛情的最高價值大概就是那個只有自己獨享，不可被取代的特殊性吧！

在碑林當中看了那些充滿魅力的書寫，我不免這樣想像著。

站在〈顏氏家廟碑〉前面發現一句話：「無而稱之，是誣也；有而不述，豈仁乎？」誣和仁，原來還可以做這樣的解釋。把這句話背誦起來，默默地反省個人感情中的致命弱點；自己總是對身後那些善意的眼光有而不述，偏執地迷戀那些無而稱之的空穴來風……看著顏真卿樸拙大氣的書法，彷佛那個字會有魔法，把書寫者性情深處的溫柔敦厚表達出來。我竊聽著隔壁旅行團的解說，知道這塊碑石的來歷：這塊三千多字的石碑是是顏真卿書法藝術的巔峰之作。顏的字體寧拙勿巧，筆畫之間，似有千鈞之力，結構疏朗，氣勢恢宏。《顏氏家廟碑》完成的五年後，在平定李希烈叛亂時，顏真卿奉命前往勸降，他置個人生死於不顧，怒斥叛賊，視死如歸，終以七十七歲的高齡，為國捐軀。書法美學上有「字如其人」的說法，將書寫看做是人品的體現，而顏真卿與顏體，似乎正是印證了這種說法。

「顏筋柳骨，顛張狂素」，顏真卿的楷書，與嶙峋瘦骨的柳公權的柳體各領風騷百年。蘇東坡的〈歸去來辭〉，康熙皇帝榜書「寧靜致遠」……穿梭在那些充滿個人魅力的書寫當中，書寫者彷彿透過文字就可以明確地把自己的人格表達出來。那樣的事情對只會用自然新注音打出新細明體的我們而言，怎麼看都像是一種魔法，除了信用卡上的簽名，在電腦時代要看到一個人的字跡也許比看到那個人的裸體還要困難吧！

來自邊緣的明信片1

MSN和
手寫的情書

POST CARD

6

從 MSN Messenger 開始流行之後，我就沒有談過一場像樣的戀愛了。

在碑林媲美五星級飯店的廁所尿尿的時候，腦筋一直在打轉：戀人們的絮語在 MSN 上面會有什麼樣的改變呢？有人會在 MSN 上面分手的嗎？遠距離戀情的難度會讓 MSN 給攻克嗎？

因為過於便利，所以就以為 MSN 從盤古開天就種在那裡，悠長的時間感讓上一場戀愛都像是中古世紀那麼久的事情了，而也是正是因為像蜘蛛一樣每天黏在網上嘻嘻哈哈，被轉移了注意力的我完全忽略了一件事：從中古世紀到二十一世紀，原來我已經喪偶那麼久了。

當然這並不意味著在 MSN 年代中可以認識人的機會變少了。相反的，文字與口語相容的傳播載體，讓閉俗的人在一種口語的速度之下，可以用文字輕鬆卻不失精準地表達自己，我的人際關係的確因為這樣變得圓熟開朗許多。

MSN 的便利性其實包藏著許多感情暗湧。客戶的同事、前任的現任、同學的表妹、弟弟的同學，因為是一種目的含糊的社交場域，讓許多網上日常寒暄的交情有了一種搞不清楚狀況、愛情的模稜兩可。而正是因為在這樣便利的環境之下，縱使有愛的感受產生，但是夾帶在一些生張熟魏的噓寒問暖和廉價的祝福當中，也顯得無關痛癢。

愛情的模擬太過輕易，所以輕率；愛的感覺來得太快太多，變成一種幻覺，丟失了，也不會怎樣。始終只有一種戀愛的心情，而沒有戀愛的對象，我的 MSN 年代。

真實的情感應該要有一種小小的難度吧。

花一段時間漫長的車程去見一個人，本地外埠、限時專送兩天抵達的情書，等待中有揣測、有不安，因為見面和隻字片語都得來不易，所以小心翼翼的照料著。

有了 MSN，連電子郵件都懶得寫了，何況是手寫的情書？現在可以取悅戀人們的書寫，大概只有在買情人節禮物的信用卡簽單上簽名，而非在手寫的情書上署名吧，看到手寫的情書，跟看見失傳的玄冥神掌再現江湖一樣驚奇。

但是會不會因為沒有了信生活，所以也就沒了性生活呢？

生命中已經很久沒有出現郵筒這個東西了，郵筒簡直跟 VHS 錄影帶、蔣經國一樣，都在大腦倉庫角落中長了蜘蛛絲。讀書時期替一段又客套又熱情的關係追討定義；當兵站崗把心裡的感受寫起來，寄給遠方要求分手的情人；工作階段給飛黃騰達漸行漸遠的伴侶寫祝福的分手信，再默默地把信件放進郵筒之前，總是習慣性會停頓個幾秒鐘，打量身邊來往的路人車輛，我往往會延遲了那個投遞的時刻，因為不管是幸福的，還是傷懷的情緒，將信件投到郵筒裡面的那一剎那，一切終將不可追回地被改變了。

麥當勞的鄉愁

絲路分手旅行

雨天的下午，我坐在麥當勞寫明信片。

櫥窗外面下著大雨，是那種雨滴跟雨滴之間沒有任何密度可言的傾盆大雨。從抵達西安當天晚上，這城市已經下了三天的雨，彷彿我們專為淋雨而來。

西安沒有像樣的咖啡店或茶館，我到麥當勞療癒鄉愁。在旅行途中尋找麥當勞覓食已經變成了一種習慣。享受異國美食固然是旅行的重點，但在某種不按牌理出牌的異地當中，到連鎖速食店用餐，確實可以獲得某種規格化的秩序和整潔，聞到薯條的氣味總會讓人有一種熟悉的安心感。如此壞習慣衍生到後來，已經可以比較出亞洲、美洲、歐洲各地麥當勞的不同，即便在亞洲，連台北香港上海東京泰國的麥當勞也可以嚐出味道微妙的箇別差異。如果要厚著臉皮稱呼自己是「速食店達人」也不會太過分吧。

搭晚上十點半的火車，而現在只是下午五點半，還有五個小時需要打發。

逛了碑林、大小雁塔之後便無處可去，而去過的地方完全沒有心得——這或許全要歸咎於自身觀察力不夠敏銳。此時此刻多羨慕那些奈波爾、馬建一類的遊記作家，隨意描述一個街景，都像是侯孝賢、賈樟柯電影中的長鏡頭那樣飽含了豐富的意義，但是我們眼中的風景就只是交通安全宣導短片當中無聊的空景。

林雅珍去隔壁網路遊戲店上網，因為是前來禁絕網路行為的，所以我很有骨氣地留在麥當勞寫信看書。選一個靠窗的位置坐下，看著流動的人潮。我用一種做聽力練習的專注傾聽著周遭食客們的對話。背後那桌有一個女性的聲音在數落著嫂嫂的懶惰，左前方那桌兩個男人進行對話，一個男人用斬釘截鐵口氣傳授著辦公室的處世哲學。那些年輕的聲音，都有一種老邁的口氣，聽起來都像是眷村老榮民。

西安是一個老氣橫秋的城市，如果要用時態作為譬喻的話，光從滿街叫作「長安大街」、「開元商廈」的命名，就可以知道這是一個用過去式的時態在談論事物的城市。抽去了回憶，這個城市將只是一座廢墟。

當然西安的確有相當令人驕傲的過去。前天下午離開華山之後就前往陝西博物館。博物館相當用心地將陝西出土的風土文物按照朝代順序陳列著。從珍貴的文物可以感受漢唐文明的博大精深，而我確實也接收到了博物館所要傳達「中國歷史就是陝西的歷史」的訊息。若是要從事一種以絲路為主題的旅行，西安則有著不得不到此一遊的象徵性意義。但是也正是因為那個城市緊緊抓住輝煌的回憶不肯放手，所以整個城市就瀰漫著一種灰撲撲的沉悶。

在懷舊的氣氛之下，即使是路上工地巨型看板上的費翔，看起來都像是《今日農村》、《農友月刊》會報導的發現百斤大老鼠的農友。回憶多半是不健康的，不論是城市的記憶，還是私人的情感。

楢山節考特快車

絲路分手旅行

腳底按摩

折騰了一整天。躲避不及的大雨、錯過的公車、與路人口角……種種瑣事讓人感到疲倦。走了一天的路，雙腳瘦得可以擠出檸檬汁，我和林雅珍利用火車發車前的兩個小時去了飯店附設的洗浴中心做腳底按摩。

雖然五十分鐘二十塊的腳底按摩還算便宜，但是按摩的少女們手藝並不怎麼樣。女孩們蹲在地上，有氣無力地替我們做著腳底按摩。這些染著劣質頭髮的女孩們大概是我們在這個城市少數遇見的年輕人吧。或者應該說路上年輕的人不少，但是自覺年輕而做出青春打扮的人卻不多見。女孩們穿著無袖小可愛和低腰牛仔褲，有一搭沒一搭的跟我們說話，問話的內容不外乎是「我們從哪裡來的、要去哪裡」這一類的問題。女孩們身上該暴露都暴露了，但是不曉得為什麼，這些穿著性感的女孩們看起來就是有一種老舊的土氣。

因為很疲累的緣故吧，所以我們也懶得和女孩們聊天套交情。抬頭看著電視上中央台播出不知名的聯歡晚會，環顧著四周，那個按摩的場地只亮著一盞妖豔的粉紅色燈光，整個空間有一種不打自招的曖昧氣氛。

按摩之後和小醫師在飯店門口會合。撐著傘快速地跑到對面的火車站，通過剪票口，轉進了火車站硬臥休息室。候車室滿滿是人，座椅與座椅之間的過道都堆滿了行李，行李上趴著睡覺的男人。小販推著餐車在人群的隙縫當中來去自如。餐車上面賣蓋澆飯、水果、礦泉水、《三秦日報》，還有，《解放台灣軍事推演實錄》。

小心翼翼地避開地上散落的行李箱，往第二道剪票口的方向擠過去。好奇著這些火車站的乘客到底要去向何方，出門為什麼需要攜帶這樣巨大的行李箱？浩浩蕩蕩的陣仗，像是一種馬戲團的大遷徙。愈逼近發車時間，鼓譟的聲浪也愈為響亮。到了剪票時間閘門一開，身後如同水庫洩洪，一股巨大的力量把人潮推著往前走，不由自主地往前走，我相信如果閉著眼睛睡著了，也會這樣一路被擠到月台上去吧。

火車上的老人

上了車搶先把行李擱上了行李架，乘務員收走了車票，並遞來一張床鋪卡。沒有電腦連線的狀態之下，這樣的作法是方便統計臥鋪數量，可以提供硬座乘客的臨時需要。坐在暫時屬於自己的床鋪上，這時候才真正鬆了一口氣。

「以後應該不會再來這個城市了吧。」我把盥洗用具從登山背包取出來的時候，不禁這樣想著。此時有一群老人走進了車廂，男男女女約莫五六個人，他們小聲交談，並且為自己的闖入小小聲地道歉。

「幸好不是喳喳呼呼的中年婦人，太完美了！」我內心這樣慶幸著，因為世界上沒有什麼噪音會比三個歐巴桑聚在一起聊天還要吵雜。我自告奮勇地協助他們把行李放置在行李架，並且詢問是否要交換床鋪，因為上鋪太高，爺爺們爬上爬下太危險了。

我坐在床邊露出友善的微笑，隨時等候著可以搭訕的機會。我對中國的老人有著近乎偏執的好感。中國青年向來少年老成，在校園當中看到的年輕人衣著舉止都和中年人沒有什麼兩樣，如此蒼老到四、五十歲反而會回春，變得嬌豔年少。中國老婆婆跟台灣燙捲髮的歐巴桑比較起來，中國老婆婆看起來就是比較有氣質一些。但這只是個人一廂情願的偏見，況且我對老人的執迷也僅僅於某種類型的老人。老人跟鹹酥雞一樣也是有流派區別，有些會有惡臭，有些很有智慧很會講故事，有些很有錢，有些則很囉唆。但我知道眼前這一群散發著樟腦丸氣味，彷彿從衣櫥裡面被取出來的老人們，看起來就是像是那種會講故事的老人。故事竊賊們總是可以輕易地看出誰是有故事的人。

探聽之下知道這群六個人都是往日的大學同學，四十年的老同學了，相約一起去蘭州開同學會。老人們西南聯大的來歷完全滿足符合我的小說想像，我想像這當中誰是伍寶笙誰是藺燕梅，那個看起來像是謝雷，gay 味很重的給他當童孝賢好了。靜靜聽他們的談話，然後在腦海中想像誰跟誰應該有怎樣的故事發展，聯想的遊戲樂此不疲地玩了半個小時，直到燈火管制列車熄燈了，才跑到列車車廂外去看小說。

門口遇到了抽菸的林雅珍。

林雅珍興致勃勃地看著我說：「小寶貝，你又開始傍乾爹了嗎？」

「因為我快三十歲，我老了。」

「好像楢山節考，一群老人搭上死亡旅行的列車。那種氣氛。」

「妳少缺德了，小心妳老了變成張愛玲，一個人孤零零地暴斃在房間裡面。」

不知道為什麼，我開始想像我老年會過著怎樣的生活了，所以我總是渴望一些關於老人生活的細節。一群四十年的老同學結伴出來玩耍，這樣的事情你不覺得很感動嗎？我在乎老人的友誼這一件事情。我快三十歲了，我知道有些性格已經無法改變，也不打算去改變了。長大其實沒有什麼壞處，但是也不會有好處。若說長大會有一些世故的智慧，那就是比較懂得去避開那些性格缺憾所帶來的麻煩。你只能乖乖接納個性的缺陷，跟接納那些可以接納你的朋友。跟你的朋友一起變老，交友防老就是這樣。」

「真天真呀你，」林雅珍相當齒冷地說，「老人們不會因為到了老人院就有改善的，現在沒辦法跟別人相處的，老了也沒有能力跟別人相處。沒有什麼獨一無二的人會出現替你解套。如果要開始傷懷自己為什麼總是孤單一人，那麼要責怪的就只有你自己一個人。不管願不願意，你都會一直孤獨下去。青春校園裡面殘酷的權力結構，到了老人院裡面還是會繼續上演呀：陰沉人緣不好的到老人院一樣陰沉人緣不好，丸尾歐吉桑的權力慾望會在為院裡不幸嗝屁老人的棺材選購上面展現，山根阿公的胃潰瘍可能變成胃癌，小丸子阿嬤就算戴了助聽器，哼哼，也是一樣耳背吧。」

來自邊緣的明信片2

重慶
森林

P O S T C A R D

6

做夢夢見我們以前住過的小旅館。在夢中奧斯華對我說：「幸福是不可知論的，何況是眾人的幸福呢？」我回嘴：「我之所以得到幸福，不是我屬於你，你擁有了我，而是我們兩個人一起使幸福成了形，是我們兩個人彼此的努力學習而成就了幸福。是你讓我忘記自己，讓我以為自己是另外一個更好的人。」

說完這個話就醒了，那畫面太過逼真清晰，簡直跟真的一樣，我拿起放在枕頭邊的日記本寫下來，隔天再看，清晰的筆跡又全然陌生。那個太像人話了，太高明了，一點也不像是我會講的話。說話的場景是香港重慶大廈A座4樓的台灣旅館。那個地方天知地知，只在我和你之間，記憶怎麼會託著奧斯華的嘴臉，借屍還魂呢？

屋小如舟僅容旋身，你穿衣打扮準備去面試，我只得在床上乖乖等著。你抱怨著睡不好晚上有跳蚤，抱怨電梯小到像個達興牌衣櫥，抱怨重慶大廈裡皮革和咖哩混合的氣味很難聞。

我說：「你不要這樣呀，不喜歡你的環境就更要出人頭地，你對金錢有野心，而我對你有貪婪，我們一定會成功的，你的色相一定可以的，你一定可倚靠著你的美色和智慧得到幸福的，我有信心。」

「幸福是不可知論的……」你這樣說。

「可是隔壁半島酒店的橙汁烤鴨胸是真實的，你領了薪水要請我去那裡吃飯喔。」

「好啦好啦，東西趕快弄一弄，不要落東落西，盡講這些有的沒的。等一下逛完我們直接約在廣東道的 ESPRIT Outlet 見面？」

夢境裡大概是這樣一場對話吧。但是這場私密的對話怎麼會藉著奧斯華的嘴全盤托出呢？你和他完全沒有必然的關連呀，總而言之，夢境真是一種太奇怪的事情。

你去面試。我像一隻鉛筆小貓一樣在九龍晃來晃去。香港就像是一個大型的主題樂園，巨幅誇張的市招，磨磨蹭蹭的人群有一種黏膩的熱氣。無時不刻像是大年初一般的熱鬧，我看見什麼都是新奇有趣的。內心歡喜的人看什麼都是好的吧，那時快樂的我絕對不會想著我日後會遇見其他的人吧？

在離開酒店之前，檢查過一遍所有的東西。護照機票現金，該帶的都帶了，而我不小心卻把兩個人的親密感丟在那裡了。

你如願得到了心底想著的工作機會。然而香港的紙醉金迷到底還是讓你對金錢的野心大過了我對你的貪婪。

後來半島酒店走了好幾次，而半島酒店 Felix 橙汁烤鴨胸的承諾，我就只是路過。

蘭州，千里中央

絲路分手旅行

請問劉家峽水庫在哪裡？

早上六點十三分抵達蘭州。蘭州車站相當新穎，車站前的廣場也整治得相當乾淨。我在火車上睡得飽足，心情也格外舒坦。「不能再讓小醫師的積極態度打敗了。」我心底暗暗地期許著。

因為已經在火車上先行買好晚上十點十五分前往嘉裕關的夜間火車，所以不用一下車便操煩著是否會買不到車票這樣的鳥事。「那麼中間十六個鐘頭該去哪裡呢？」一步出了車站，腦海中不禁浮出了這樣的問題。時間緊迫的一天，似乎無法單獨行動了，所以我很狡猾地把問題拋給了小醫師。

小醫師有條不紊地說十六個小時空檔安排一個劉家峽水庫參觀石窟大佛，外加黃河河畔的一場散步恰恰好。他向我們解釋炳靈寺的來歷：

炳靈寺石窟位在劉家峽水庫上游，永靖縣西南寺溝峽。在南北長兩公里陡峭峻險的紅砂岩懸崖上，石窟神龕鱗次櫛比，棧道凌空。是甘肅三大石窟、中國五大石窟之一。炳靈寺最早稱唐述窟，是羌語鬼窟之意，唐代稱龍興寺，北宋稱靈岩寺，明永樂年後，稱炳靈寺，又名冰靈寺。炳靈藏語為笨郎，即十萬佛之意。

小醫師說話慢條斯理的口氣很像主持《大陸尋奇》，他說火車站旁邊就有公車總站，那邊就有公車可以抵達劉家峽水庫。我們按照火車站的工作人員所指點的公車站方向去了車站。

「果真又被打敗了呀。」我的心底不免又發出這樣的獨白。

或許是清晨的緣故，市區空蕩蕩的，整個街道沒有那種喧鬧的人潮磨蹭所產生的亢奮熱量。我們大概走了兩個街廓，在兩棟水泥建築間隔一塊小小空地，發現所謂的汽車總站。小空地上面停著幾輛小小破爛的巴士，巴士破爛的程度就像是一張金莎巧克力金箔紙揉爛之後攤平再折起來似的。那些巴士開往武威、張掖、酒泉，但是偏偏沒有一班公車是發往劉家峽水庫。公車總站並不存在著公車站牌或是發車時刻表，幾個穿著藏服的男女們等待果陀一樣地等候著不知道幾點鐘會來的巴士。

上前問了一個等車的大叔。

「大叔大叔，請問劉家峽水庫的公車在這邊搭車嗎？」

「<(P)O<(O&。」

「什麼？」

「%*()&P。」

他說的話我聽不懂。火車往西部愈走愈遠，發現自己對普通話的理解也愈來愈困難了。我只能依據一些手勢和表情去揣測對話的內容。詢問了六個人，結果兩個不說普通話；可以理解當中話語內容的四個人卻出現三種答案：沒車了、這裡等車，另外兩個回答到西客站去搭車。我綜合了其中多數意見，再走一個街廓，搭乘市區巴士橫越整個蘭州市區，到西客站。

在汽車站門口幸運地攔到往西客站的公車。市區公車相當摩登，上面甚至配置了液晶電視播放著米老鼠和唐老鴨的卡通片。但是到了西客站，我們不幸地又重複一次剛剛的對話。

「請問劉家峽水庫在哪？」

「<(P)O<(O&。」

這次問了六個人，然後得到了五種答案。

「城中巴士站。」

「火車站。」

「歡樂園門口。」

「交流道歡樂園門口。」

「不知道。」

「歡樂園門口。」

這些被詢問的人甚至包括了車站的乘務人員。

「應該是有個攝影機藏在看不見的地方吧，我們大概陷在某種綜藝節目的情境當中了吧，類似《十字路口》、《少年兵團》的『你要去那裡』那一類的單元，不然怎麼會有這樣荒謬的遭遇呢？沒有任何的指標和告示，在一個城市問了二十個人，居然問不到想去的地方？」

當心中發出這樣的感慨，我們已經在一個叫作歡樂園的荒郊野外。歡樂園是一個類似兒童樂園的地方，高高的圍牆內，露出一截高低起伏的雲霄飛車軌道。但是站在樂園門口，仍舊看不見任何的站牌。小醫師看見一個公安在路口指揮交通，於是向前詢問哪裡會有開往劉家峽水庫的巴士。

「這裡就會有往劉家峽水庫的車子，你們隨手招車，車停了就有了，」警察很篤定地說。他隨意往路邊的空地一指，「就站在這吧。」

那個決定性的手勢彷彿是孫悟空隨意畫一個伏魔圈，唐僧師徒就必須乖乖在裡面待著。公安先生的制服散發出一種可以讓人信賴的說服力。我們的心底也總算比較踏實，乖乖站在他所指定的地方等車。

等車的時候，有一個運動選手從我們面前跑過去了，穿著背心短褲，喘嘘嘘的運動選手，兩個運動選手跑過去了，三個運動選手跑過去了，許多許多的運動選手跑過去，兩個小時跑過去了，但是沒有所謂的劉家峽水庫的公車跑過去呀?!圍牆內兒童樂園的軌道上也沒有出現雲霄飛車，我們的面前也沒有等待的公車來臨。

我再度向前詢問公安先生怎麼一輛車子都沒有。

公安說：「喔，今天馬拉松比賽，交通管制。」

「幹，那你怎麼不早說。」我心底這樣罵髒話。這樣一折騰已經是中午十二點了，看來是必須放棄炳靈寺石窟的行程了，決定直接到黃河河畔遊蕩。搭原路公車回市區，喪失了目的地的三個人隨意在城市漫遊。選了一個人潮洶湧的百貨公司，不假思索就跳下車了。相較於西安的鬼魅森森，蘭州沒有什麼古蹟和紀念碑，就像是一個失去記憶之地，到處都是熱鬧的商場，乾淨而簇新。

隨意繞到一個小巷弄，看見一家人潮溢滿街道以外的拉麵館就鑽進去了。小醫師試探性的問：「那麼多人需要等很久吧？」

我說：「既然蘭州以拉麵馳名天下，來這裡不吃拉麵似乎很過不去。這種看起來來頭很大的店面，也一定按照價格分等級。」進去一看，果真一樓較為簡陋的位置一碗麵四塊錢，二樓雅室套餐一碗麵加一疊小菜十塊錢。二樓的牆壁上密密麻麻盡是影視名流的簽名，顯然這家叫作「馬保子」拉麵館的來頭不小。不過那拉麵確實相當的美味，湯頭清爽可口，牛肉軟中帶筋，麵條柔韌。吃完一碗好吃的拉麵，彷彿上午的離譜遭遇也不算什麼了。

黃河邊的理想下午

麵館所在的巷子走到盡頭就是黃河河邊，小醫師大概已經受不了我跟林雅珍這種散漫的死樣子，三個人在此原地解散，各人各自保管好自己的車票，時間一到，乖乖去搭車就是了。

我和林雅珍沿著黃河河畔逆流而上。河畔步道整治得相當整齊，但是黃河河水相當的混濁，果真跳進去洗都洗不清了。河岸上還有畫舫造型的水上餐廳，在這樣污濁的河流上吃著名的黃河鯉魚，到底應該具備著什麼樣的心情呢？

「或許會在這樣髒污的河水上用餐的人，大概都是懷著像《黃河協奏曲》那樣慷慨激昂的愛國情操吧！」

後來腳步在一座鐵橋橋頭停下來。「啊，黃河鐵橋，黃河上游所建的第一座鋼鐵結構的大橋，」林雅珍說，「旁邊這個是黃河母親雕塑……」

眼前出現一個長髮少女模樣的銅雕。

「為什麼黃河母親要鑄造成少女的模樣呢？難道是聖母馬利亞一樣的童貞懷孕嗎？」林雅珍不解地提出疑問。

「看起來多像星巴克的人魚女妖呀！」我說。

我們買了冰棒，找了一張板凳坐下來。林雅珍把我的《倚天屠龍記》討過去看。我呆呆地望著河岸上的觀光羊皮筏子，之前看書上說俗稱「排子」的羊皮筏子，大約由十二隻羊去頭剁腳，除骨剮肉，只留下羊皮，吹足氣綁在一起，上面放了一條條木塊，就可搖著槳在黃河上一路盪去。《書劍恩仇錄》第五回寫紅花會利用黃河水流的湍急大敗張召重，就有對黃河上的羊皮筏子進行過描寫：

黃河邊上，遠遠已聽到轟轟的水聲，又整整走上了大半天，才到赤套渡頭。黃河至此一曲，沿岸山石殷紅如血，是以地名叫做赤套渡。這時天色已晚，暮靄蒼茫中但見黃水浩浩東流，波濤拍岸，一大片混濁的河水，如沸如羹，翻滾洶湧。張召重道：「咱們今晚就過河，水勢險惡，一耽擱怕要出亂子。」

黃河上游水急，船不能航，渡河全仗羊皮筏子。兵卒去找羊皮筏子，找了半天找不到半只，天更黑下來了。張召重正自焦躁，忽然上游箭也似的衝下兩只羊皮筏子。眾兵丁高聲大叫，兩只筏子傍近岸來。平旺先叫道：「喂，艄公，你把我們渡過去，賞你銀子。」只見一只筏子站起來一條大漢，把手擺了一擺。平旺先道：「你是啞巴。」那人道：「丟那媽，上就上，唔上就唔上喇，你地班契弟，費事理你咁多。」他一口廣東話別人絲毫聽不懂，平旺先不再理會，請張召重與眾侍衛押著文泰來先行上筏。

這段落描寫紅花會的十三當家蔣四根喬裝筏子客。姑且不論扮相如何，開口一嘴廣東國語就露出破綻。但是張召重手下蠢到姥姥家了，笨笨地上船結果全數被紅花會消滅。書中講的凶險的赤套渡，也許是金庸杜撰出來的虛擬地點吧。但是黃河流經甘肅這一段的凶險卻是千真萬確的事情。這裡是峽谷最密集的地段，其中暗礁重重、險灘密布。

我看著湍急的水面胡亂想著《書劍恩仇錄》中的小bug。蔣四根講廣東話大概是金庸小說中少數出現地方方言的段落。因為出門旅行，所以對這個發現感到相當的稀罕。搭著火車往外跑，總會因為南腔北調，而感受到中國的幅員遼闊。但是在金庸小說裡面的人物，都可以用標準的普通話交談，溝通完全沒有窒礙，非常的匪夷所思。

「發什麼呆！心中不管有什麼忘不了的人，到了黃河應該心死了吧，」林雅珍說，「去看電影吧，要不現在才兩點鐘。這麼長的時間要怎麼辦呢。」

「那去哪裡看呢？不知道電影院在哪裡、也沒有電影時刻表，妳要看什麼電影？」

林雅珍不懷好意地指著不遠處的一個招牌說：「到那裡就會有答案了。」

順著她手指的方向望過去，看見一塊招牌上面寫著「康橋網吧」四個字，頓時耳根子都熱起來，心跳動得相當厲害。亢奮的心情像是發育中的少年看到《龍虎豹》書刊一樣的心猿意馬。

「賤人！妳明明知道我出門來戒除網路環境！」

「一念天堂，一念地獄，網路載舟覆舟都只是態度的問題呀。上網可以查詢旅行訊息，可以回報平安……」林雅珍笑咪咪地說著。

我躊躇了一下，很自欺地告訴自己：「或許有人會有相當重要的事情要跟我聯絡也說不定吧，反正一路西行也不可能有什麼網路咖啡店了……」

肉體廢墟

絲路分手旅行

在蘭州等待火車發車的空檔，鑽進了一個叫千百力洗浴中心的地方洗澡。

洗浴中心位在火車站附近，巨大招牌在黯淡的蘭州夜色裡閃爍著七彩霓虹，華麗而囂張的千百力洗浴中心。或許囂張正是這個千百力洗浴中心的設計理念吧，洗浴中心的大堂像是錢櫃 KTV 的大廳，富麗堂皇的水晶吊燈，光可鑑人的乳白色大理石地板。巴洛克風格的樓梯蜿蜒到看不見的黑暗當中，如果張菲拿著麥克風從上頭走下來，我也不會太意外吧，因為這個空間實在太像是《綜藝一百點》的布景了。

我走到了櫃檯說明了來意。

「先生你要不要過夜和洗浴？才五十塊。」

「我只要洗澡。」

「洗澡要三十，過夜加洗浴才五十。」

「我只要洗澡。」

「過夜和洗浴只要……」

「我只要洗澡!!!」

我取了鑰匙往奢華的階梯走去，一階一階走向沒有光亮的所在。二樓沒了光照，整個空間就完全遜色下來，推開破敗的門，迎面而來是類似廢棄游泳池般的巨大空間。三個池子、一個蒸汽室、一個烤箱。沒有半個客人，就我一個人和十來個男孩工作人員。

男孩和他們的蘋果綠色短褲之間，什麼都沒有，但是也沒有什麼春光可言，因為男孩們長得都很醜。他們倚著牆壁，百無聊賴地摳著指甲、聊天看電視。靠在牆壁發呆的服務生，是中國餐館最尋常的風景，服務生們大概以為自己是壁紙吧，中國餐廳的服務生專長就是惹客人生氣跟倚在牆邊扮演壁紙。

脫了衣服準備下水的時候，某個綠色短褲男孩跑過來阻止我：「先生，先生，我們的鍋爐壞了，熱水池不熱，冷水池不冷。」

「那我泡什麼呢？」

「溫水池的水是溫的。」

因為沒有穿衣服，所以也講不出任何刻薄的話來羞辱對方了。想像自己像是茶包，浸泡在溫水池當中，身上的疲倦緩緩地從身體裡面暈開來。洗澡的時候，身邊有十幾個男孩子在旁邊看著，實在是一件非常奇怪的事情。泡在水中的我，只好盯著掛在牆上電視的《鍾無豔》看。

電影剛好演到鍾無豔要娘娘腔的幕僚寫一封信和齊宣王離婚。幕僚問鍾無豔信中要用哪一種分手方法呢？「分手有許多種嗎？」鍾無豔問。幕僚說：「分手有三種，一種是怒沖沖，一種是恨綿綿。」「另一種呢？」鍾無豔問。「一種是淡淡然。」幕僚說。鍾無豔選擇了第三種淡淡然的分手。「愛是霸佔、摧毀和破壞，為得到對方不擇手段，不惜讓對方傷心，必要時一拍兩散，玉石俱焚。」看到這段差點從池子裡面跳起來，真是好句子。真是好的分手方式。

這個時候有兩個客人走進來。

那兩個客人說明了要搓背的來意，綠色短褲隔空喊著搓背客人兩位，然後牆壁上有一個小門就被打開了，走出兩個紅短褲的男生，那個類似游泳池格局的澡堂相當遼闊，整個空間給人一種劇場舞台般的空曠感受，所有人的走動都像是某種彩排過的走位，舉手投足都像極了一種表演。

我把視線從電視上的鄭秀文，轉移到躺上按摩椅的兩個中年男人。紅短褲男孩走向前，各就各位。紅短褲男孩在男人身上來回敲打，發出一種清脆的響亮聲響。聽著那悅耳的響亮聲響，心底想著如果那樣的聲響敲擊在我身上應當是一件很舒服的事情吧，於是就招來了綠色短褲男孩說：「我也要搓澡。」反正才十塊錢而已。

綠色男孩又隔空喊著：「搓背客人一位。」牆上小門推開，又跑出來一個紅色短褲男生。那個小房間裡面到底藏著多少男孩子呢？我爬上那個按摩椅的時候不免好奇著。紅色短褲男孩在我身上敲打，節奏分明來分明去，非常舒服。接下來他把拳頭裹在毛巾裡，就在我的皮膚上洗刷起來，紅短褲男孩的力道相當強勁，我自以為洗得很乾淨的身體，居然可以像橡皮擦一樣被搓出許多屑屑。

總而言之，我的身體非常放鬆，也非常舒服，但是內心卻因為怕起了不該有的反應而緊繃著。《Seinfield》有一集演George跑去按摩，按摩中心陰錯陽差地為他指派一個俊美的男性按摩師。那一集的趣味性在於有同性戀恐懼症的George面對男生替他按摩引發舒服感受而手忙腳亂。Jerry說那種心情類似消費行為中的「勸服理論」：好比去百貨公司買鞋，顧客在店員的遊說之下試穿了本來不喜歡的鞋子，多半都會動搖，甚至是欣然接受。傳統社會之所以畏懼同性戀，是因為異性戀男孩比他們自身想像的那樣更容易被打動。

也幸好紅短褲男孩的手勁太像是洗車了，什麼都沒發生。我趴在躺椅，臉歪躺一邊，發現旁邊不相識的男生就在親密的觸碰之下，雄糾糾氣昂昂的勃發著。然而服務的和被服務的都假裝若無其事。有人被說服了，但是他們什麼都沒看見。

卡夫卡、波赫士和陳家洛的長城

絲路分手旅行

肯德基爺爺帶我們去墓地

抵達嘉峪關的星期天恰好是自己的生日。就這樣變成三十歲了，當年被下的那個詛咒會靈驗嗎？內心這樣胡亂地思索著，突然就湧上了《沉默之島》當中的台詞：「只有特別幸福和不幸的人才特別在意自己的生日！」那個對白以一種更為篤定的聲音掩蓋住了腦海中的負面思考。

在嘉峪關車站買不到前往敦煌的火車票，我們三個人站在售票窗口前商議著如何前往敦煌的時候，背後突然有人說話：「嘉峪關一日遊，一百五十塊去不去？」轉頭一看發現中年男子站在我們身後。這個人胖嘟嘟的樣子很像肯德基爺爺，但是身上是如同百元鈔票皺皺爛爛的馬球衫和變型的西裝褲，彷彿炸雞店已經周轉不靈而破產。

「欸，可我同學上回來包車才八十塊耶。」我隨意掰出一個莫須有的同學，當下把價格砍了七十塊。

「那他們去的地方肯定沒有咱們齊全，沒有！魏晉古墓、懸壁長城、嘉峪關城、大峽谷，咱們可是一網打盡所有嘉峪關的景點吶。」肯德基爺爺很輕易地化解我話中的刁難。

「不是的呀，師傅您說的地方他們都去了，而且也拍了照片回來呢。」

「現在沒這種行情啦，那是兩三年前的價格了。您要不信隨便攔個車問都是這個數的。」

「嗯，師傅那不麻煩，我們只是學生，預算有限的。」點頭微笑，把頭別過去假意看風景，不再言語。

「一百二，肯定是這個價了。」

「師傅，謝謝您啦，我們在華山遇到不好的出租車師傅打劫，心有餘悸呢。我們寧可搭巴士。」

「要不這樣，我的駕照你就先扣著吧，等到下車還給我不就得了。」

「只能支付一百元，我們預算就這麼多了。」

小醫師和林雅珍在旁冷眼旁觀，看我一人鼠目寸光地計較那一點點小錢。

肯德基爺爺躊躇了一下，接著便氣急敗壞地輕推著我的肩膀，催促我們上車：「得了，得了，一百便一百，上車吧。」

上車之後肯德基爺爺果真把他的駕照遞過來給我：「小兄弟，駕照你就先收著吧，如果有什麼糾紛，你大可以去檢舉我。我在嘉峪關這裡正正派派開車好幾年了，雷打不走的。你們只管踏踏實實在這裡玩樂玩樂便是了。」

我看了駕照說：「汪。海。波。師傅敢情您是命中缺水呀，名字中又是汪洋，又是波浪的。」肯德基爺爺說他在濱海的大連港出生，父母因此給他取了這樣的名字。他反問我們是何方人士，這時候我已經很嫻熟於自己所杜撰出來的福建身分了。我從容地穿梭在那個不存在的身世當中，並且加入了廈門鼓浪嶼長大的細節。謊言中有潔白沙灘和椰影搖曳。

我用謊言和肯德基爺爺推心置腹，約略知道他的來歷。汪師傅原本是解放軍出身，上校退伍之後（果真和肯德基爺爺桑德斯上校擁有雷同的經歷）就落戶到嘉峪關，開出租車為生。已婚，有一個八歲的女兒和一個叫作「祁連山下的凋零老兵」的個人網頁。

「你們聽好來，我們等下要前往的新城魏晉墓區，位於嘉峪關市東北二十公里處的新城鄉戈壁灘上，這個地方呢，已經發現有一千四百多座磚墓群，多是魏晉時期的地下壁畫，規模龐大，有世界最大地下畫廊之稱。」

肯德基爺爺沿路替我們補充著知識。但老實說他要帶我們要去什麼地方，我們一點頭緒也沒有，即便是做好了萬全準備的小醫生也沒有預習到這個景點。

約莫是二十分鐘的車程，肯德基爺爺在一個荒涼的地方停車說：「就這裡了，我在車上等你們，看完之後，就回來這裡找我。」下了車環顧了四下，只是尋常的白楊樹林，沒有任何看起來像是陵寢墓穴的建築呀。

「參觀是吧？」樹林中一個不起眼的小小磚房走出來一個中年婦女，「這裡買票呀。」入門參觀的門票二十塊，把印有古墓的明信片當成門票相當的有巧思，不過缺點是嘉峪關的旅遊景點並沒有生日免費參觀的貼心措施，所以想要利用壽星身分撈點好處的念頭，頓時成了夢幻泡影。明信片門票上面沒有任何導覽指示，正要詢問中年婦女該何去何從，突然道路的遠方匡啷匡啷地晃了過來一輛四人座的小客車。司機探出頭來要我們上車。原來這個我們不明就裡的墓穴群位於白楊樹林更深入的地方呀。

車子行走在顛簸的碎石子路上，一路塵土飛揚。開車的司機是一個禿頭相當嚴重的男人，稀疏的頭髮附著在光光的後腦勺，看起來就像是商品上的條碼。條碼頭把我們載到一片寸草不生的戈壁灘上。他說：「看見一望無際的戈壁上面隆起一個個的小土丘嗎？你們腳底下踩著的便是一千四百座魏晉時代的墓穴了。」

沒有任何墓碑，或是建築氣派的陵寢。魏晉時代的人，似乎不需要被記

男
女

住生前的成就和地位，死掉就率性地埋在一個個的小土丘裡面，感覺是相當瀟灑的死亡態度。我們走進唯一一個開放的地下墓穴，像是古墓派一樣格局的地下墓穴是磚塊壘砌成的，這個家族墓穴的墓門上有雕雲紋、仙靈異獸等彩繪圖案；地面鋪以各式花紋磚；墓室四周是採桑、打獵的主題壁畫，而正因為是以日常生活為作畫內容，沒有任何的鬼神崇拜記號，所以完全感受不到任何陰森的死亡氣息。

「相當樸素的死亡態度呀。」走出了墓穴我這樣跟林雅珍說。小醫師去解手，所謂廁所，只是在空曠的沙漠，掘兩個土坑砌起了一道磚牆當作屏障，但是簡便克難的廁所卻煞有其事地分起男廁女廁。荒涼礫地當中刻意的性別區分似乎有些畫蛇添足，光看到那個畫面就覺得很幽默。

墓穴旁邊有箭靶和牛車，擺在旁邊相當的不適切。條碼頭說這裡以後會開放成親子休憩園區，讓遊客可以享受射箭和農家之樂。當他這樣說的時候，我的頭上不禁浮起了小丸子線條，心裡不禁想著這個地方到底會被糟蹋成什麼樣子呢？

長城陰謀論

在參觀魏晉墓穴之後，去了懸壁長城和嘉峪關。未到嘉峪關之前，我以為這個天下雄關搞不好和北京長城一樣，純粹是一截巨大的磚牆。但是實際走過一遭，才發現那是一擁有關帝廟、文昌閣及戲台的氣派城寨。嘉峪關城由內城、瓮城、外城三座城樓建構而成。站在城樓上看著長城依著山勢蜿蜒，想到居然會有皇帝想用一堵磚牆把自己的領土圈圍起來，就覺得非常的不可思議。金庸說陳家洛登上嘉峪關頭，倚樓縱目，看見「長城環抱，控扼大荒，蜿蜒如線，俯視城方如鬥，心中頗為感慨。」雖然中國人並沒有建立什麼深刻的宗教，但是匯集眾人力量，以排山倒海的氣勢建立起來的巨大建築，看上去確實有某種攝人的神性存在。

我把掌心貼在磚石上面，厚重磚石像是海棉一樣把陽光都吸納進去，所以整個手掌感覺燙燙的。記得波赫士好像在某一次的訪談中對一個中國學者說：「不去訪問中國，我死不瞑目。長城我一定要去，我已經失明，但是我能感受得到。我要用手撫摸那些宏偉的磚石。」如今想到自己的指紋已經留在崇拜作家朝思暮想的長城磚石上，手臂上頓時冒起了一陣陣溫暖的雞皮疙瘩。

我喜歡的兩個外國作家波赫士和卡夫卡都寫過關於長城的文章（搞什麼，居然還要這樣迂迴地透過他國的概念去理解長城！）波赫士對長城似乎有著一種無以名狀的迷戀，他在〈長城與焚書〉這篇短文當中，對秦始皇建造長城和焚書坑儒這兩項不可思議的工程有著相當浪漫的想像。

波赫士認為秦始皇焚燒圖書是為了把過去一筆勾銷，用意在於把母親與呂不韋通姦的不名譽紀錄悉數抹去，圖一個「不如重新開始」。波赫士對焚書和築城兩個重大工程進行分析，焚書和建造長城兩項工程的順序就決定了他不同的人格特質：「倘若焚書在前，築城在後，那麼秦始皇就是一個破壞之後，積極建設的皇帝；如果築長城在前，焚書在後，那他就一個深感絕望的皇帝。」波赫士說長城會引發什麼想像一點也不重要，它的價值完全不需要任何想像出來的「內容」來附加。對波赫士而言，光看那個建築形式本身就已經逼近了一種「音樂的純粹性」，那完全是一種美學形式的存在。

相較於波赫士的詩意長城，卡夫卡的長城就有點神經兮兮了。不過話說回來，卡夫卡小說好像也沒有正常過。表面上尋常合理的東西，從他的嘴巴裡面說出來，都有一種可怕的怪誕。一輩子去過最遠的地方是巴黎的卡夫卡胡亂瞎掰了一個長城故事。小說人物完全是好萊塢電影的中國人形象：長辮子、稀疏的鬍鬚、穿著繡花絲袍，咕嚕咕嚕抽著水菸。這些人在卡夫卡的小說中還滿搞笑的，卡夫卡描寫當時的中國人把建造長城當作一種全民運動：「泥瓦手藝在當時是最重要的科學。我十分清楚地記得，還是在做小孩的時候，我們的小腿剛能立穩，就站在先生的小花園裡。我們得用卵石砌起一種牆，當先生撩起長衫撞向那堵牆時，它當然全倒塌了，先生訓斥我們砌得不牢，嚇得我們哭著叫著四下跑開去找自己的父母。」

這些長城並沒有什麼實用性質——非但沒有防禦作用，它本身的存在就是一個危險建築。萬里長城的工程太浩大了，任何人都渺小得看不到它的完成。為了避免讓野地中的築城工人在龐大的工程當中失去耐性，領導者讓每一隊勞工在砌完五百公尺後，就調往另外一個地方。

分段而築的策略留下了許多的缺口，這樣的缺口不但完全抵銷了修建長城的目的，同時也洩漏了帝國組織的統治秘密：帝國子民散漫如塵埃，但又愛發牢騷和抱怨。修築長城或許沒有什麼實用意義，但它的確可以將像塵埃散沙一樣的百姓有效地組織成一個強大的整體。壯丁動身築城：「半個村子的鄉親陪送他很長一段路程……一路上人們三五成群揮動著旗幟。每個國民都是同胞手足，為了他們，大家在建築一道防禦的長城，而同胞們也傾其所有，終身報答。

團結！團結！肩並著肩，結成民眾的連環，熱血不再囿於單個的體內，少得可憐地迴圈，而要歡暢地奔騰，通過無限廣大的中國澎湃激盪。」

分段而築長城用意不在於防禦邊患，而在組織帝國。

帝國太龐大了，「任何童話也想像不出她的廣大，蒼穹幾乎遮蓋不了她。」帝國藉由重大工程，集中民眾的力量，消耗這些力量。思考是疲倦的，老百姓過著質樸的生活，不用多想，也不能多想，領導者都替他們想好了。他們只需要盡力揣摩、貫徹領導者的意圖就可以了。卡夫卡說：「所有的人都知道這個秘密的原則——竭盡全力去理解領導者的指令；但一旦到達某種限度，就要適可而止。」

我坐在城垛之上看著荒涼的大地，胡亂想著這些事情。圍牆外面即是武俠小說所謂的關外。關外風沙險惡，旅途艱危，殘酷的沙漠就從這裡展開，《書劍恩仇錄》寫道：「一過嘉峪關，兩眼淚不乾，前邊是戈壁，後面是沙灘。」相傳旅人出關時，若取石投城，便可生還關內。所以陳家洛出關時亦不免俗套照例取石向城投擲。長城和絲路，前者戒慎恐懼地防堵外患，後者則自信滿滿地敞開心胸，廣納異國文化，兩者是出於不同外交態度下的文化產物。但是長城可以吸引這麼多作家的議論，也算是很了不起的建築了。

來自邊緣的明信片3

我們選擇的告別

P O S T C A R D

整個旅行的途中如果不是在寫明信片，就是構思著明信片的內容。等車時寫字，下榻旅店時寫字，任何不想面對自己的時刻，就拿出明信片寫字。明信片的內容或者描述風景，或者交代心情。

企圖用一張兵馬俑或是沙漠風景明信片跟閣下分手。一張小小的紙卡容納的字數極其有限，我必得動用所有的修辭，方能精準地陳述自己的感受。嚴格來說，這樣的行徑更接近一種排版工人的文字揀選。在風景景點拍照留念中構思，在商店討價還價的時候斟酌盤算，我在日常生活的行進中，混亂地想著信件的內容，紙片上還沒落下第一個字，分手的最後一句話已經悄悄地抵達了心底。

我能做的事情只是為一樁失敗的感情找出正確的用字。

請你也不要誤會此舉有什麼餘情未了的嫌疑。事情都過了這麼久，我後來也睡過了很多人，在扳指計算愛情的次數，我漸漸對你無動於衷。感情猝死，個人情緒的悲慟我不否認，但是痛苦歸痛苦，要認真耗盡感情根本用不到幾個月的時間。自私如我輩之人，在一樁戀情當中在乎的從來都只是自己的感受，處理分手亦是如此。暫且先不論是非曲直，感情的失敗無疑都是一種嚴重的自我否定。失去愛，自尊心會像是一隻大象縮小成一隻螞蟻，自艾自憐地在路上行走，都輕飄恍惚宛若《綠野仙蹤》被刨去心臟仍頑強行走的錫人。

一樁感情開始的時候，最累贅、也最不需要的東西就是自尊，然而愛走了，冥冥之中保護自己毫髮無傷的亦是自尊。我寫信給閣下是為了我自己。

我曲曲折折地通過這些人和那些戀情，變成了現在的自己。愛情有其自由意志，說愛的人格是由歷任情人所創造出來的也未嘗不可。初戀情人如同創造科學怪人似的，給予了愛情性命。前面的人走了，後來的人或多或少又增刪了零件模組，導致現在的面目。愛的科學怪人們在這過程當中不是乖乖被擺佈，就是勇敢擺脫命運。我極其幸運是後面這一類的科學怪人。我擁有自己的意志力，愛的意志力。在歷任關係當中，我多像失控的受造物，以竊取造物主的才能為生。不管在你之前或者在你之後，我因為覬覦某些人的才華與他們來往，我在愛的過程當中竊取他們的故事，把他們的才華納為己有。

我亦是以這樣的目的親近你的。閣下的意志力堅強，忍人所不能忍。你有明確目標，對金錢有野心，對權勢多迷戀。你的笑容無懈可擊，穿起西裝顛倒眾生，你是《發條鳥年代記》中的綿谷昇，你是《台灣龍捲風》中的葉美琪。你不過大我兩歲，然而往來皆是王又曾劉泰英這類狡猾老狐狸，眼界閱歷自非我所能企及，正因如此，你早已被破格拔擢。少年得志躋身公司權力核心。我們曾在街上遇見貴公司中年經理對你畢恭畢敬，你臉上有一種志得意滿，你要別人的敬重和崇拜，你的人生態度要的是這樣的東西。我亦感激你將我納入你的皇圖霸業。你我雖是情人，但是相處時刻多半如師徒，你教我識人與做事，我天性散漫，你偶爾會有重話，說我這樣的價值觀、這樣的生活態度，到三十歲必然窮困潦倒，混吃等死，早晚餵狗。你跟我打包票這樣的事情一定會發生的。我放棄自尊去相信你，然而到了感情末期，保護我自己毫髮無傷的亦是自尊。畢竟科學怪人怎樣也不可能是溫馴的原子小金剛。後來我敗走上海，一個人走，我走進了你的佈局，而你早已是不在了，這樣的事情多諷刺，你離開，我沒能耐，亦沒興趣撐起一個金錢大夢。

人是不可能輸給金錢的。

我想用自己的人生去證明閣下的價值觀不一定是對的。然而兩年過去了，我這才發現自己有多貪財，也許你比我更早看出我人格上的特質也不一定。三十歲快到了，我想知道那個你放在我身上的預言是不是會形成。如果我無法完成情感的論述，我必定是卡在某個奇異的時刻，我知道這個預言就是關鍵。

我盤算著一場旅行。在二十九歲的最後一個月出發，遙遠的旅行，回來就是三十歲。我企圖逃避你的預言，或者說，我想破解你的預言。計劃前往邊境，不帶地圖的旅行。邊境這樣一個概念叫我癡迷，極東境烏蘇里江及黑龍江匯合處，東經一百三十五度四分。極西境：帕米爾高原之噴赤河，東經七十一度。極南境：南沙群島之曾母暗沙，北緯四度。極北境：唐努烏梁海之薩彥嶺脊，北緯五十三度五十七分。邊境對我意味著一種極限，不管用什麼方法，如果我能夠抵達所謂極限，那麼是不是就意味著一種成就？我借助貧窮旅行的方式去克服你，這樣的旅行態度完全違逆於你的價值觀念，你起居飲食非彰顯自身品味不可，我則是完全顛倒過來了，便宜的交通運輸，投宿最便宜的旅店，你分秒必爭的時間都被我拿來浪費了。旅行多浪費時間呀，可是除此之外，我不知道怎樣打發時間了。我能走到國境之西，完成了旅行也就能消弭你的預言了。你留在我身上的最後一個東西也即將銷解了。

我將銷解了你。

三一二國道的書劍恩仇錄

絲路分手旅行

參觀過嘉峪關後，我們跟汪師傅議定了以七百塊的代價包下兩天的汽車旅行。當天下午，車子走三一二國道直奔敦煌。嘉峪關經由安西、布隆吉，順著河西走廊出關到敦煌將近四百五十公里的車程，沿路是一望無際的戈壁沙漠。這條三一二國道東起江蘇連雲港，西至伊犁霍爾果斯，素來有「中國第一道」之稱。《書劍恩仇錄》一開頭，紅花會與張召重為了爭奪回族經典的驚險惡鬥即以三一二國道為舞台。

小說中說寫紅花會大鬧安西鐵膽莊，金庸側寫鐵膽莊：「天色向晚，風勁雲低，夕照昏黃，一眼望去，平野莽莽，無邊無際的衰草黃沙之間，唯有一座孤零零的庄子……庄外小河環繞，河岸遍植楊柳，柳樹上卻光禿禿地一張葉子也沒有了，疾風之下，柳枝都向東飄舞。」小說中荒涼極地和我們目睹的風景沒有什麼太大的差別。看見新鮮的風景，心情的雀躍自然不在話下。然而，面對遼闊沙漠所產生的震撼其實也只是一瞬間的感覺。車子疾行了兩個鐘頭，車窗外的大漠風景始終是一片黃沙，沒有變化，內心的感受也很快地就由興奮轉為厭倦。在將近四十度的高溫之中，整個人困在空調故障的小客車當中是不可能氣定神閒到哪裡去的。我跟肯德基爺爺用光了可以聊天的話題之後就只剩下尷尬的沉默了。

那樣一片像是A4影印紙般空白風景居然讓人失去了空間感。因為沒有任何標的物可以參考，我開始分不清楚下上左右，並且無法辨識物體的大小，迎面而來的卡車變得跟駱駝一樣渺小，而電線竿開始在浮在半空中，我的iPod上面的時間顯示是十九點十分，但是車外是一片陽光燦爛，如果林雅珍現在胡亂塞給我感冒藥，然後唬我說是LSD，我大概也不會有任何的懷疑吧。傅柯六八年被匪類教授拉去加州近郊沙漠嗑藥之後，形容一片天馬行空的奇異景觀與我雷同。荒涼的沙漠像海洋一樣的巨大，正因為無盡的空白，這樣空曠和自由的沙漠對我而言，也只是一個封閉空間。

後來汪師傅把車停在路畔。他指著路畔的一片沙丘說前方便是鳴沙山。

「日出鳴沙山，日落玉門關，到了鳴沙山，也意味著敦煌就在不遠的地方了，西接塔克拉瑪干大沙漠，東連大戈壁灘，」汪師傅說，「鳴沙山之所以稱作鳴沙山是因風動沙移，山丘就發出嗚嗚哭泣聲響因而得名，這個地方真是名符其實的聚沙成山。」汪師傅隨口講了一個典故，說唐朝女將樊梨花帶兵征西時，有一營女兵與敵人遭遇，戰鬥激烈，因眾寡懸殊，全部陣亡，樊梨花率師趕到，大敗敵兵，將女兵屍體全部葬在沙山上，因陰魂不散，常常從沙地裡傳出廝殺叫喊聲。人們根據這一傳說，又給這一景點取名沙山藏營（但是這個典故指的應該是哈密的鳴沙山而非我們前往的鳴沙山，汪師傅說錯了。）

既然快到敦煌了，就意味著不用再趕路，我們亦可在這個景點稍作停留。

眼前極簡的沙漠風景只有天藍和土黃兩種顏色。我很想知道沙丘的另一面是怎樣的風景，沿著沙丘的邊緣走，一步一步都是陷落，索性俯身拔腿狂奔，然而快跑行進不到二十公尺，雙腿就沉淪在細軟黃沙動彈不得。進退兩難的我跌坐在黃沙當中，索性等起日落。置身這樣的沙漠風景，搞不好等一下會有小

王子出現向我追討一張綿羊圖畫也說不定。

個性再孤拐的人面對這樣的荒涼情境都會渴望溝通，或許這是修伯里把飛行員跟小王子的相遇場景安排在沙漠的理由。我摸出身上的手機，發現手機居然是滿格的狀態，我打電話給法蘭克。我也不知道我為什麼可以完整背誦他的電話號碼，但是在那一刻，法蘭克的電話卻是腦海中唯一有印象的一組號碼。

「是我。你在那裡？」

「我在捷運上呀，你回台灣了喔？」

「沒，我在沙漠當中。」

我為法蘭克描述大漠裡的黃沙落日。

法蘭克說：「我電話收訊不良有事回台灣講。」

掛上電話，我鍥而不捨地想要撥給奧斯華，撥號之際我發現眼前風景突然產生一種奇異的熟悉感。我很迅速地就理解了，這風景不是 XP 的桌面設定嗎？我心裡罵了一句：「幹，要逃離網路環境沒有想到居然掉進了螢幕保護程式裡面了。」

敦煌的甜甜圈陰謀

絲路分手旅行

敦煌

離開鳴沙山後，當晚下榻敦煌小鎮。汪師傅幫我們找到了一個三星級的賓館。賓館一個三人房開價四百二十塊一晚，砍價到兩百四十塊決定入住（汪師傅睡車上）。隔天一早，汪師傅載我們前往敦煌莫高窟。

敦煌是這次旅遊的重頭戲，一路上小醫師難掩興奮的神情。但不曉得是夜裡賓館冷氣開太強還是怎樣，我一早醒來頭就非常的疼痛，精神萎靡，一點玩樂的心情都沒有。

到了敦煌，看到了售票口複雜的售票標準，頭就疼得更厲害了。無產階級的社會消費分類教人匪夷所思，敦煌石窟的售票標準和那些餐廳、火車一樣壁壘分明，除了全票和學生票，還有一種價錢更高、涵蓋更高級的精品石窟，而我們買的只是最一般的門票。

拿了門票，寄存了背包，還必須在驗票口等待湊齊了十五個人，院方才會派遣專人導覽。我們的導覽人員是一個四十歲的中年婦人，但是氣質像是大學教授一樣的優雅。所有的石窟都是鑲上鐵門鎖起來的，女導遊只打開其中十窟讓我們參觀。每一組參觀團的參觀路線完全不一樣，所以會看到什麼內容，完全都像是玩扭蛋一樣全憑運氣了。因為有非常階級化的門票分類標準，難免有一種「以為自己看到的是次級品」的遺憾和心有不甘。

導遊向我們講解石窟的來龍去脈：「莫高窟始建於前秦建元二年（西元二六六年），歷經北涼、北魏，以至元代等，持續十朝。莫高窟位於絲路之上，來來去去的商人因為旅途險惡往往會在此修葺佛窟以祈求旅途平安。莫高窟至今乃保存著四百九十二個洞窟，佛像兩千四百多尊，壁畫四萬五千多平方公尺。這些敦煌的壁畫沒有一定的形式，有佛像、經變、神話、故事、山水、花草圖案等，畫風也因其時代背景而有所不同。以知名的飛天女神而言，就有四千五百多個，散佈在兩百七十多個洞窟中，其造形從北魏時期身材粗短的造形，演變到隋唐時期風姿綽約、身材修長的豐腴女子。」

由於精神不濟，所以看了什麼完全沒有概念（就算精神很好，大概也是烏龜吃大麥，看不出個所以然來吧！）這其中我只對某個供奉臥佛石雕的洞窟特別有印象。導遊說臥佛石雕是想表達大佛圓寂時的安詳氛圍，雖然是臨終的最後一刻，但是參觀者完全感受不到死亡的沉重和威脅。大佛臉上的神情非常和藹慈祥，臥躺的姿態彷彿就像是斜躺在沙發看電視那樣慵懶自在。相對於基督教文明，處理耶穌被釘上十字架等相關美術創作的嚴肅和悲壯，這種安詳自在，大概是兩種文明面對死亡最大的不同吧。

三十歲的甜甜圈謊言

華山車站不在華山，敦煌縣治和敦煌車站相去一百五十公里。到底是身為島國寡民的我對地理的概念太過狹隘，還是中國行政區域的劃分太草率籠統？總而言之，這樣名不符實的事情始終讓我困惑著。

逛完莫高窟，回到敦煌小鎮，時間還不到中午，悠哉地用過餐，甚至也舒服地在退房之前洗過了澡。誤以為接下來會有充裕的時間可以散步到在地的火車站，買票候車到吐魯蕃去。但探聽之下才知道敦煌車站距離敦煌還有兩個半小時的車程。攔了計程車，輾轉到了火車站是下午三點鐘，但是因為晚上七點鐘發車的緣故，所以我們仍然有一段空白的時間需要打發。觀察一下四周的環境，我發現所謂的火車站，也只不過是一棟簡陋的水泥建築和一個光禿禿的月台車站。車站附近有幾個小吃店雜貨店和新華書店。街上沒有人走動著，光天化日下有一種鬼域的荒涼氣息。

尋找郵筒把之前寫好的信件寄出去，順便去書店看看有沒有什麼可以買的書籍。書店相當的狹小，採光欠佳，一個女孩坐在櫃檯中打瞌睡，陰影吃掉了半張臉。書店也沒幾本書，多半是高校考試試題演練、中國共產黨十六開會紀念文集，毛澤東、鄧小平文集，但是小說也是有的。《哈利波特火鳳凰令》、《鋼鐵是怎麼煉成的》和三聯書局版本的《紅樓夢》。三聯《紅樓夢》袖珍本我極其動心，但是背包中五百頁的奈波爾和電話本一樣厚重的金庸合訂本，撐上十來天的旅途應該綽綽有餘，所以放下了書本，只買了一些明信片就回到火車站寫信。

我把明信片擺在椅子上，用一種類似禱告的姿態跪在地上寫字。時間很充裕，所以可以一個字一個字慢慢的畫。手邊有一組精美的敦煌照片，分成七個段落，寄給不同的朋友。各自獨立的旅行描述，但是像是七龍珠一樣組合起來就是一個完整故事。明信片需要七天到十天時間才能抵達收信人住址，訴諸悠長時間的事物往往最優雅：長篇小說、日本料理、旅行明信片、還有暗戀。

忘神地寫信的時候，林雅珍突然碰碰我的手臂。抬頭看見她手上拿著一個壓扁的甜甜圈。「生日快樂，」林雅珍說，臉上有一種似笑非笑的不懷好意。

「妳怎麼會有甜甜圈？」

「蘭州買的。」

「妳一定是故意的！妳明明知道我要忘掉三十歲這一件事情，三十歲的生日已經悄悄的到來，工作情感沒有任何的著落，我渴望一些改變。我始終相信旅行的神秘力量，那種神奇的改變，因為不想收到任何的祝福，所以才溜出來旅行的，妳是故意的。」

「你只是在爭取人生的緩刑，」林雅珍說，「還有，你人緣沒這樣好，您多慮了。」

「我從高中唸書就是個小老頭，總像是一個歐吉桑似的思考著。二十五歲之後突然回春變成少年，被羨慕也被嫉妒，享受了當少年的好處。但是突然之間，任何一張問卷表格上就要由二十五到二十九那欄跳到三十到三十五了，難免心有不甘。現下既沒有生鮮的肉體，也沒有陳年的智慧，當 sugar daddy 太小太窮，當 money boy 又太老太醜，那真是一種傷感時刻呀。」

「我可不像你，擁有這種像是便秘一樣不上不下的人生掙扎。」林雅珍說，「三十歲要怎樣過；四十歲該如何要怎樣都是謊言。你《商業周刊》看太多了，那種幾歲要如何如何的成功焦慮，那個跟你手上的甜甜圈一樣都是整個社會編織出來的謊言，美味而空洞。房屋貸款呀、時尚雜誌的鞋子廣告、民主選舉，都只是一些不懷好意的人編出來的甜甜圈謊言，他們蓄意地把簡單的事物鋪陳得很複雜，搞不清楚狀況跳下去，你就只有乖乖被擺佈的份了。這是屬於我們這個時代的長城陰謀，你這樣冰雪聰明，我不相信你領悟不出這個道理來。」

我說：「妳講的我都知道，只是我有心結。我以前的情人成就多麼驚人，我們後來爭執，情人說這樣懶散的過生活到三十歲一定會窮困潦倒的。那個詛咒的時間即將來臨，我難免會有介意，但請妳不要誤會我對以前的情人有什麼舊情未了，在這之後我都不知道睡過多少人了，我怎麼會去在意一個這樣的人？我只是出自一種較量，你知道我好勝心極強的，而偏偏有些感情到後來都會變成一種形而上的比較，尤其是那種因為個性不適切而分開的例子。我的情人意志力堅強，有明確目標，對金錢有野心，也迷戀權勢，那個人會躍上《商業周刊》接受訪問是遲早的事情。我跟那個人愛情上一場較量，說是一種價值觀的對決也未嘗不可吧。」

「什麼心結不心結的，大眼睛可愛的李心潔我倒是很喜歡。我會押你勝利的，如果有所謂的賭盤的話，」林雅珍說，「我都押在你身上了，你知道我多羨慕你的自由自在，你想幹嘛就幹嘛。天知道那有多珍貴，你總像小弟弟一樣不愛權的。」

「這句話又是哪段小說抄來的？什麼小弟弟、大老二的？」我說，「我很自由沒錯，所以妳知道我現在有多潦倒了吧。」

來自邊緣的明信片4

大話
西遊

P O S T C A R D

往吐魯蕃的長途火車上有提供租借DVD的服務，因為是絲路的旅行，所以便很應景地選擇了周星馳的《大話西遊下集》作預習。付費看周星馳著實是一件奢侈的事，因為台北第四台循環播放《食神》、《破壞之王》。周星馳幾乎像是氣象報告一樣天天報到，星爺被困在龍祥電影台大概就跟至尊寶被困在封閉的月光寶盒時空之中一樣無能為力吧。《大話西遊》前前後後加起來也看了二十幾次，可是每次轉到還是會停留一下。但是有些電影不管看幾次都不會厭倦，那些對白也已經變成了生命文本中的一部分，劇情進行的時候，也可以在旁邊跟著複誦台詞：

至尊寶：觀音大士，我開始明白你說的話了，以前我看事物是用肉眼去看。但是在我死去的那一剎那，我開始用心眼去看這個世界，所有的事物真的可以看得前所未有的那麼清楚……原來那個女孩子在我的心裡面流下了一滴眼淚，我完全可以感受到當時她是多麼地傷心。

觀音：塵世間的事你不再留戀了嗎？

至尊寶：沒關係啦，生亦何哀，死亦何苦……不過我真的不明白，恨一個人可以十年、五十年甚至五百年這樣恨下去，為什麼仇恨可以大到這種地步呢？

觀音：所以唐三藏去取西經他就是想指望這本經書去化解人世間的仇恨，孫悟空，我要再提醒你一次，金箍戴上之後你再也不是個凡人，你可以變回法力無邊的齊天大聖，到時候你就要負起取西經的重任，把歷史重改，不過從此人間一切與你無關，再不能有半點情欲。如果動心，這個金箍就會在你頭上愈收愈緊，苦不堪言。

至尊寶：聽到！

觀音：在戴上這個金箍之前，你還有什麼話想說？

（至尊寶開始猶豫……）

每個時代都需要偉大的旅行，每個時代都有屬於自己的西遊記。唐三藏為求佛法橫越大漠險境，歷經十七年返國。辯機和尚將玄奘親自口述的歷程寫成了《大唐西域記》，目的在宣揚大唐天威和弘揚佛法；吳承恩在玄奘旅行中增添了孫悟空、豬八戒，變成了《西遊記》，而旅途中等待著的是一堆等著吃唐僧不老肉的怪物們。這些神仙們的座騎、寵物變成的妖怪們闖了禍之後，神仙們就會像立法委員一樣跑出來，哼哼哈哈地說：「看在我的面子上就算了吧。」小說評論家們說這種護短循私的行徑，根本是吳承恩寫來諷刺明朝官場的官官相護。

我們這個世代的《西遊記》是周星馳羅家英，熱情的沙漠中的頭號敵人是自己內心的情慾。縱慾豬八戒，禁慾唐三藏，隨慾孫悟空。內心慾望燃燒如熊熊火焰山，雙足卻陷落感情的流沙河無法自拔，這一秒猜忌下一秒想念，再下下一秒痛並快樂著，一段關係的起心動念又何止七十二變？愛的誓言到頭來都是幻術，落單的戀人們到頭來只能修持寂寞的忍術。思慕的人說起情話不誠懇，緊緊擁抱也遙遠得如同十萬八千里。愛的旅途九九八十一難，林夕的歌詞或許可以當作經書領悟：「沒人仰慕就繼續忙碌，有一點滿足就準備如何結束，可以不在乎，才能對別人在乎。」懂得盡情放縱，後來才甘心從一而終。西方極樂世界是自私者的天國，唯有拼命留戀花叢，最後才能修成正果。

吐魯蕃窪地上的白馬嘯西風

絲路分手旅行

維吾爾禿鷹

晃晃蕩蕩的車廂和旅途中產生的勞累，使得入睡變成一件容易的事情，行車時間被轉換成睡眠的時間，醒來張開眼睛，列車就將抵達目的地。旅途在睡夢被悄悄地完成。抵達吐魯蕃是清晨五點鐘。跳下火車，撲面而來一股熱氣，空氣中有一種燃燒過後的乾燥，步出月台，走出火車站。旅遊掮客照例像禿鷹一樣的撲殺過來，這次與我們糾纏的是個維吾爾人。米色格子襯衫、西裝褲、深邃的輪廓，一個矮小的年輕男人。

維吾爾人上前問我們是日本人還是韓國人，我回答福建人。他說：「一百元，一個人一百元。市區一日遊。火燄山葡萄溝高昌古城等八個景點。」維吾爾人的漢語生硬而笨拙。我們沒有回應，等他自動降價。

「這樣吧，九十元，我等下還要去接一個日本人，我收他一百二十元。算你們九十元。山塔那，帶空調，很舒服的。」

「書上說市區一日遊才六十塊。」

「那是以前的價錢啦，他們去的景點絕對沒有我這麼多。」

我們沒有搭理，作勢離開。維吾爾人甩甩手不耐煩地說：「好啦好啦，六十就六十，但是我們說好了，等下上車了，千萬不要在日本人面前說我給你們六十塊的價錢。」

議定價錢後，我們上了維吾爾人的山塔那。上了車發現後座躺著一個呼呼大睡的傢伙，他粗暴地把那個人給搖醒，兩個人嘰哩咕嚕地用我們聽不懂的話語交談一陣子之後，那傢伙便翻到駕駛座發動引擎。他向我們解釋他們前幾天載兩個香港人去天山玩了七天，兩個人輪流開車，剛剛把香港人送到火車站，也正是因為這樣才會遇見我們。雙方在砍價時顯露的氣急敗壞這時候已經轉換成另一種熱絡的嘴臉。維吾爾人親切地說我們可以叫他艾肯。艾肯・默罕莫德。

往吐魯蕃市區的公路像是飛機跑道一樣的筆直氣派。清晨五點半的天光是攝影師口中的魔術時光，寶藍色的天光下，路燈燈光稀微的亮著，像是蔡明亮電影中片尾那種覺醒的氣氛。

途中小醫師頻頻看著他的手錶，我說：「現在又不趕時間，你一直看手錶作什麼？」小醫師把他的手腕抬得高高的，讓我們看清楚他的手錶：「這是運動錶，可以顯示海拔高度。」看著小醫師錶面不斷下降的液晶數字，我們對「世界上第二低窪地」的這個地理事實才有了明確的概念。

跟艾肯交談之後，知道了他本來是個趕驢車送貨的，改革開放後，便用驢車載客觀光導遊，幾年下來也攢了一點錢，索性把驢車換成了山塔那，專心做起導遊的營生。我見車上有一本《基礎日本語入門》，問艾肯可是在學日文？

艾肯驕傲地點頭說是。

因為才早上六點半，艾肯便載我們去一個農場市集買哈蜜瓜。空曠的平地上，一輛一輛的驢車、卡車上堆著一落一落的西瓜和哈密瓜。瓜農的言語、服色與我們截然不同。被完全聽不懂的話語包圍、空氣中瀰漫著瓜果的香氣，到了這個市集，我們首度有了異地旅遊的雀躍之感。

面前看到的不是什麼死氣沉沉的墳穴或是神廟，而是元氣淋漓的生活本身，那是一種與我們完全不一樣的他方生活。艾肯解釋說這個市集是吐魯蕃一帶最大的上游批發市場，瓜農們農作物收成之後，就駕著驢車或是卡車把瓜果運送到這個市集叫賣。

八點整，艾肯把車開到日本人下榻的吐魯蕃大飯店，途中順便把他的同伴放下車。他把車停在飯店正門前的大廣場，要我們在車上等候別亂跑，說完，便下車到日本人的房間接客人。艾肯走後，我們就跳下車，在飯店前面的葡萄棚架拍照。五分鐘後艾肯又一個人獨自回到車上。小醫師問他怎麼啦，艾肯說：「小日本拉肚子，翹辮子不能去啦。」

艾肯的臉色相當陰沉。他拿起手機打電話，嘰哩咕嚕不知道說些什麼。

「可以走了嗎？」小醫師問。

艾肯搖搖頭：「我們等一下下。」

「他不會要我們等到有其他客人才開車吧，這樣的話我們就下車。」林雅珍用台語說。大約五分鐘過後，正當我們的情緒瀕臨不耐煩的臨界點時，有一個五六歲的小男孩衝過來拍打車門。

小男孩喊著我們聽不懂的語言，艾肯將門打開，把小孩抱起來又親又揉的，隨即又有一個婦人抱著一個小嬰孩含笑吟吟地走了過來。

「這是我老婆小孩，既然日本人不能去，我想我可不可以帶我的小孩去郊遊？」

我們三人沒有異議，當下便開車前往第一個景點——阿斯塔納古墓。

高昌古城的白馬嘯西風

沿途小醫師再度替我們作補充：

「吐魯蕃是維吾爾語『低地』的意思，氣候屬典型的大陸性乾旱荒漠氣候。每年六月至八月的平均最高氣溫都在三十度以上，地表溫度有時高達八十二度，所以又有火洲之稱。北絲路和南絲路在吐魯蕃相會，這裡是車師國、高昌國、回鶻國的遺址，所以遺存的文物古蹟豐富程度亦不在話下。新疆歷史博物館收藏的文物，八成以上出自吐魯蕃。在吐魯蕃遺存下來的文獻，就有二十四種文字，是整個絲路沿線發現文字最多的地方。阿斯塔納古墓位在高昌故城北面的一塊曠野。阿斯塔納古墓群的墓葬形制是以一個家族的習俗來營造自己的墓地。墓區按照祖、父、子、孫輩份大小，依次進行排列。墓葬皆為土洞墓，墓室中大多是居住在當地的漢族人……」

小醫師的講解很詳盡，然而因為整個旅途當中已經看了太多的墳墓，林雅珍和我便顯得意態闌珊，走馬看花，不消二十分鐘又回到車上了（事實上墓園的確也相當的荒涼，沒有任何的告示和解說，像是一個剛剛破土的大工地）。與其看什麼高明偉大的墳墓，我倒寧可窩在菜市場看瓜農們討價還價。加上如果再這樣繼續在墓穴逗留，我們的旅行搞不好就會變成了靈異節目的製作特集。

不過前往高昌古城我的精神就來了。之所以對古城感到興趣的原因倒不是因為玄奘曾在此講經，而是《白馬嘯西風》當中那張引起十年江湖恩怨的高昌地圖。

金庸在小說當中說道：

唐朝貞觀年間的高昌是西域大國，物產豐盛，國勢強盛。唐朝派使者到高昌，要國王鞠文泰遵守漢人規矩。鞠文泰抗命說：「你們是天上飛的猛鷹，

173　吐魯蕃窪地上的白馬嘯西風

我們是草叢之中的野雞；你們是廳堂上走來走去的貓，但我們是洞裡的老鼠。大家各過各的日子，為什麼一定要強迫我們遵守你們漢人的規矩習俗呢？」唐太宗聽了這話，認為他們野蠻，不服王化，於是派出了大將軍前去討伐。高昌國王知道唐兵厲害，於是大集人馬在極隱密之處造下了一座迷宮，萬一都城不守，還有可以退避的地方。當時高昌國力殷富，西域巧匠多聚集於斯。所以迷宮建造得曲折奇幻之極，國內的珍奇寶物，盡數藏在宮中。

俠盜李三與上官虹夫婦因緣際會得到了高昌地圖，然而這張藏寶圖卻使他們喪失了性命，也連累唯一的女兒李文秀成了孤女，流落回疆。李文秀被漢人計爺爺收養，祖孫倆寄居在哈薩克遊牧民族之間，整個小說講敘的便是少女李文秀與哈薩克青年蘇普的愛情和冒險故事。

《白馬嘯西風》篇幅極短，在整個金庸作品集討論極少，倪匡評論整個金庸作品，甚至給它最後一名的壞評價。但是個人還是極偏愛這個金庸小說當中唯一以少女為主角的冒險故事。小說在有限的篇幅將種族衝突、師徒恩怨這兩個貫穿金庸作品的重要主題交代得清清楚楚。但我更愛它是一個最悲傷的愛情故事。倪匡把《神鵰俠侶》譽為一本情書，說人物的動機即是愛情的動機，故事的進展，皆因小說人物愛情中的貪嗔癡怨而起，其實《白馬嘯西風》更有資格競逐這樣的評價。史仲俊要置李三於死地，表面上是為了高昌地圖，但實際上是一種出自情敵的怨妒。瓦爾拉齊為愛喪心病狂，入了魔道，故事裡沒有兩情相悅的甜蜜時刻，只有有去無回的苦澀相思。女孩在男孩背影默默守候，但從來沒有回頭發現自己背後還有人癡心等待。

女孩苦苦練武，心底想著或許學好了武功，就能把喜歡的男孩搶過來了吧。然而一身的本領從來不曾在愛情戰場幫助自己揚眉吐氣（大概是金庸小說之中，唯一一個主角學了武功，卻什麼也改變不了的吧？）看著各路神通為了藏寶圖你爭我奪，女孩心底想著：「不論高昌迷宮中有多少珍奇的寶物，也決不能讓我的日子過得快活。」愛情不在了，綠洲就只是一個謊言。少女騎著白馬一步一步地回到中原。白馬已經老了，只能慢慢的走，但總有一天一定能回到中原的。江南有楊柳、桃花，有燕子、金魚……漢人中有的是英俊勇武的少年，倜儻瀟灑的少年……但美麗的女孩總是固執：「那都是很好很好的，可是我偏不喜歡。」

昔日的氣派皇宮被黃沙覆蓋，如今只剩下殘垣斷壁供人憑悼。唯一保留比較完整的大概只有內外城牆、可汗堡、烽火台、佛塔寺院等建築。因為伊斯蘭教禁止偶像崇拜，所以佛堂裡的佛像全被拆毀。小醫師說可汗堡附近曾發現帶有覆蓮紋圖案的石頭和綠色玻璃瓦殘片，是北涼時期的佛寺遺址。佛寺兩側曾立著高大的佛塔，院內正中有殘存塔柱，相傳是唐僧講經之處。

《白馬嘯西風》中尋寶大夢後來只是一場夢幻泡影。各路人馬搜遍迷宮殿堂房舍只有尋常桌椅，並無金銀珠寶。瓦爾拉齊吃吃的笑個不停，說道：「其實，迷宮裡一塊手指大的黃金也沒有，迷宮裡所藏的每一件東西，中原都是多得不得了。桌子，椅子、床、帳子，許許多多的書本，圍棋啦、七絃琴啦、灶頭、碗碟、钁子……什麼都有，就是沒有珍寶。在漢人的地方，這些東西遍地都是，那些漢人卻拼了性命來找尋，嘿嘿，真是笑死人了。」

時移事往。民國初年，有一群俄、德、英、日尋寶者拼了命來到了吐魯番，他們把柏孜克里克千佛洞和古城的壁畫古物全部劫走。這些瓦爾拉齊不屑的書本碗碟現在恭恭敬敬地被奉在異國博物館，都是價值連城的寶貝。誰的態度比較可笑呢？兩相比較，不言而喻。

當年回教徒因為教義的緣故，搗毀佛像，如今這個異教徒宮殿帶來的觀光人潮，卻是他們重要的經濟收入來源。廢墟宮城外頭哈薩克人賣著烤羊肉串和哇哈哈礦泉水，價值觀的改變，把瓦爾拉齊眼中的垃圾變成了黃金。從古城出來之後，找到了艾肯的車子。艾肯站在車子旁邊講電話，他扯直了嗓門，用我們聽不懂的語言不知道在爭執些什麼。艾肯的老婆不在車上，只有艾肯小孩蹲在地上，專注地看著螞蟻打架。林雅珍蹲了下來拍拍小孩的頭問媽媽在哪裡，艾肯小孩沒有理會我們，他只是靜靜地用手指頭把一隻又一隻的螞蟻捏死。

講完電話的艾肯湊過來說：「你們說你們要去喀什，要不要搭我的車去？我們走南疆，走庫爾勒、阿克蘇到喀什，我可以載你們去紅其拉甫口岸，回程走沙漠公路回吐魯蕃，大概十二天左右的行程。」

「多少錢呢？」小醫師問。

「你們開個價吧。」

「我們是學生，我們鐵定負擔不起，所以你也別問了吧。」

「這樣的行程我以前載日本客人是八千塊錢，我知道你們是學生所以不可能收這個價錢……」

「是呀，八千塊都快是我們一年的學費了呢。咦？我們要去的地方是火焰山和交河古城嗎？」我們中止了這個討論，緘默永遠是最好的攻防。

果不其然艾肯就像是小醫師手上的運動錶，把價格從八千、七千五、七千然後降到了六千塊：「從這裡去到喀什就要兩千公里了，你想想還有回程，還要上帕米爾高原到巴基斯坦邊境，雖然看起來很貴的樣子，但是實際上你們如果分段搭火車什麼的也是很貴的，而且又很浪費時間。況且許多地方是火車到不了的地方，像是博斯騰湖和沙漠公路。紅其拉甫口岸邊界可不是什麼人都可以上去的，我可以保證把你們弄上去。」

小醫師眼睛都亮起來了：「貫穿塔克拉瑪干沙漠的沙漠公路，全長五六二公里，是世界上穿越流動沙漠最長的沙漠公路哩。」

我瞪了他一眼，殺價當中最忌諱就是這種殷切盼望的態度了。

「你在喀什就要跟我們分道揚鑣，搭飛機到烏魯木齊然後回台北了，你亢奮個什麼勁？」

「你們考慮看看吧。五千塊是一口價了。」

「就算你價格給了我們優待，我們湊一湊錢也沒這麼多，心有餘而力不足呀。」（爾虞我詐之際，我們都沒發現他老婆已經神秘地消失了……）

「那你們願意出多少呢？」

「我們三個加一加只能負擔兩千塊，所以你別白費唇舌了。」

「這當中還要油錢、過路費，兩千塊實在不夠呀。四千五百塊！我不能再讓步了，這樣吧，你們等一下下車，在柏孜克里克千佛洞討論討論吧。」

在柏孜克里克千佛洞參觀之後，我詢問小醫師和林雅珍他們的底線在哪裡？小醫師說沒意見。林雅珍說一個人一千塊勉強可以承受。我點頭說：

「嗯，這樣我有盤算了。」

逛完了千佛洞（空空如也的洞窟，也沒有什麼好逛的），在土產店買了冰棒折回停車場。遠遠地就看到艾肯蹲在地上跟小孩在玩球，他看見我們遠遠地走過來，便迅速地站起來。艾肯把小孩抱在手中，抓起小孩的手向我們招手。

「結果商量得如何了？」

「這樣的價格太高了。我想您傍晚還是把我們載到火車站去吧，不用麻煩了。」

「我也不跟你們說謊話，我家出了一些事情，我必須離開吐魯蕃。所以價

錢上我也不會要求太多……三千塊吧。」（艾肯出了什麼事情，殺人放火？欠錢躲債？）

對話聲張虛勢，立場以退為進，雙方接近了心中的期望標準，我們點頭達成了十天三千塊的南疆旅遊包車協議。

交河故城和史努比漫畫中的男孩

達成協議之後，艾肯說他因為他剛從天山下來，開了七天七夜的車子，所以他想要回家補個眠。下來的交河故城和坎兒井的行程他便委託朋友代勞。接手的朋友一句漢語也不會說，我們全然無法溝通。在交河故城下車的時候，這個人指一指交河故城，然後指指車子和手腕上的錶。他用手指敲敲錶面上三點鐘的位置，我們猜想那個大概是集合時間吧。

交河古城原為西域三十六國車師前國的遺址。入門票背面引用了《漢書·西域傳》詳細介紹了交河古城名字的由來：「車師前國，王治交河城，河水分流繞城下，故號交河城。」王國現在只剩下斷垣殘壁證明自己曾經輝煌存在過，在殘破的風景當中走著走著，就想起了村上春樹描寫一個校園情人變老變醜的譬喻：「一個強大王國褪色的時候，比二流共和國崩潰還要令人傷感。」車城前國似乎算不上什麼高明的王國，這樣的譬喻也不是太貼切，但是在那個廢墟行走的時候，這句話便很清晰地湧上心頭。因為和高昌古城太過雷同，我們在故城繞不到一個小時，就乖乖回到車上了。

上車之後，無法溝通的維吾爾人就載我們去他家。（應該是他家吧）下車之後維吾爾人不知道說了些什麼。他看見我們一頭霧水，就拉著我們的手臂進了屋子裡面，指指裡面的椅子要我們坐下。隨後有一個包著頭巾的女人端著一盤西瓜給我們吃。

人如果沒有辦法溝通，只要知道彼此是善意的就好了。

在不知道艾肯什麼時候會出現的狀況之下，我們也只能這樣乖乖地坐著。新疆人的客廳暗暗的，一張大床佔去了絕大部分的空間，牆壁上有相當華麗的地毯。我們在研究這個房間的佈置時，突然發現有兩個小男孩在門口探頭探腦。小男孩頭大大的，眼睛炯炯有神，看起來很像 Snoopy 漫畫裡面的奈勒斯和阿土，非常可愛。拿起相機，小朋友便乖乖地擺起姿勢，渾然天成的神態，幾乎每張照片都可以上《國家地理雜誌》似的。我們樂此不疲地拍了一個下午的照片，艾肯突然冒出來了。

「我去換個備胎，然後去超級市場買些食物之後，我們就可以準備出發了。」艾肯說。他跟我們要了三百塊錢當作三天的油錢車資。換過輪胎，也在超級市場買了兩箱的礦泉水和一些食物，與此同時，小醫師也在當地旅行社刷卡預定了喀什到烏魯木齊、烏魯木齊到上海的機票。小醫師只請了二十天的假期，所以他從帕米爾高原回來之後，就必須和我們分道揚鑣。

我問他機票多少錢，小醫師說喀什到烏魯木齊是七百塊，烏魯木齊到上海是一千七百塊。小醫師說他現金所剩無幾，可能必須用信用卡提領現金。我問艾肯，說到了喀什的銀行可否用信用卡提領現金？艾肯回答可以。他把車繞回家跟家人道別，和兩個小孩在門口親吻擁抱，那個戲劇化的舉動搞得好像我們要去一個非常遙遠又危險的地方。

北西北

絲路分手旅行

荒山之夜

車子往太陽落下的地方奔馳而去，方向北西北。筆直公路沒有盡頭。問艾肯從這裡到喀什，大概要多久時間？艾肯回答說：「不一定，依照路況大概兩天到三天。」

車子在筆直寬敞的公路約莫行駛了半個小時之後，便繞上了彎彎曲曲山路。目前所在之處應該是天山山脈吧，山路兩側都是參天陡峭的山壁，嚴峻的線條像是什麼頑固老人臉上的法令紋。《大唐西域記》中描述玄奘經過一個鐵門峽的風景說：「山極峭峻，雖有狹徑，加之險阻。兩傍石壁其色如鐵。既設門扉又以鐵鍋。多有鐵鈴懸諸戶扇。因其險固遂以為名。」這個鐵門峽在哪裡？老實說，我一點也不知道，但這段文字的敘述和我們眼前所見的景物應該相去不遠。

陌生風景的賞味期限不到兩個小時，旅途初開始的興奮旋即轉為氣悶浮躁。我和林雅珍一人一邊耳機，共同分享一個iPod，勉強靠著黃耀明妖媚的歌聲去轉移一些焦慮的情緒。

艾肯突然回過頭來說：「對了，如果這幾天路上碰到任何的公路警察盤查，他們如果問你們是誰，記得說你們是我的朋友，我們只是尋常的朋友出遊……」此話一出，一朵看不見的烏雲籠罩在艾肯的好男人形象上，非法旅遊掮客會引發的種種糾紛開始在我腦海中演練。

偶然遇上道路施工的狀況，艾肯見狀，毫不猶豫就把車子開入坑坑洞洞的代替便道。車子所到之處揚起了漫天風沙，我們必須把所有車窗都搖上，然後在密閉的車廂當中顛簸著，彷彿五臟六腑都要移位似的，非常的不舒服。

後來車子好不容易回到平坦的公路上。（我們必須習慣這一切，因為這一路都是這樣時好時壞的狀況）正想把車窗搖下來，呼吸一些清新空氣的時候，小醫師突然回過頭來說：「艾肯在打瞌睡。」小醫師臉上的鎮定和無動於衷，和鄉土劇當中的醫師會跑出來宣告「某某某你有癌症」如出一轍。

不得已只好讓艾肯把車停在山路邊睡半個小時，天色已經逐漸地黯淡下來了。坐在路邊發呆，寂寞的公路幾乎沒有什麼車子經過。心想眼前的群山萬壑和三藏行旅的絲路地貌應該相去不遠，但是唐三藏仰賴步行或獸力在這樣的荒山之中兜兜轉轉，勢必比我們更為辛苦。

《西遊記》中說唐太宗跟玄奘義結金蘭，玄奘取經無異是有財力雄厚的廠商贊助，要離開長安城的時候，太宗還跟他說：「寧愛本國一捻土，莫念他鄉萬兩金。」但小說只是小說，現實中的玄奘可沒有這麼好運氣，他上奏唐王未得允許，所以只得違禁出關，一路偷渡到天竺，書中說某些迷途的時刻，他只能靠著路上的獸骨屍骸辨識方向。

過了半小時後，我們去把艾肯搖醒，艾肯說：「再讓我睡十五分鐘。」

過了十五分鐘我們再去搖醒他，艾肯說：「再讓我睡十五鐘。」再十五分鐘後，我們再度把艾肯搖醒。艾肯說：「再讓我睡——」五分鐘後，我們上路了。駕駛座坐著小醫師，艾肯歪著頭睡在駕駛座旁邊。

小醫師開車的路上再度遇上了道路施工，他把艾肯搖醒問接下來怎麼走。艾肯看了一眼說：「往下開。」說完，倒頭又繼續睡。

小醫師把車開下便道是另一個災難的開始。天黑了，車子在坑洞中碰碰撞撞，彷彿就要解體。沒有路燈、也沒有月光，微弱的車頭燈無濟於事，眼前幾乎毫無視線可言，黑夜邊緣是萬丈深淵，而我們什麼都看不見。耳機中黃耀明的歌聲愈來愈微弱了—— 20G iPod 曲目一千九百八十六首歌可以連續聽上一百三十個小時又五十八分，然而飽滿的電力只能持續四個小時。

瀰漫在荒山之間的深邃黑暗滲進了車廂裡面。黑暗之中，林雅珍和我比肩緊緊挨著，這個女人身上有淡淡的香氣。我背誦一段剛剛等在艾肯睡覺空檔時候看來的奈波爾打發時間：「如果你想要有一個忠僕，希望他可以取悅和伺候，你則必須爽快的交出一部分的自我，任他擺佈。創造出一種原本不存在的依賴感。」我跟林雅珍說我以為這一段在講愛情，下面的描述更是傳神：「他有能力激怒我，但是看見他悶悶不樂，我也快樂不起來。我懷疑他對我不忠，不再盡心的伺候我，於是我開始生悶氣，不理他，他通過別人跟我說晚安。隔天我們又和好如初。」

林雅珍說我看到黑影就開槍，我反駁，說愛情本來就是一種僱傭關係。「我只要他對我的忠誠，但這畢竟是奢求，因為我不是他永遠的雇主。」奈波爾說。

為什麼奈波爾旅遊中的僱傭關係可以這樣哀豔淒頑，但我們的司機卻可以呼呼大睡？

艾肯再度回到駕駛座是因為小醫師把車子開進一個坑洞裡面。小醫師踩足了油門，車子仍然動彈不得，巨大的引擎聲響把艾肯吵起來。我們下來推車，費了力氣才把車子推離開那個坑洞。

車子繼續行駛，蜿蜒的公路似乎沒有終點。晃晃悠悠之間，身體也一點一滴地疲累起來。我問小醫師現在幾點鐘，小醫師說：「凌晨一點鐘。」

艾肯插話說：「馬上就離開山區了，前面有一個小鎮，你們是要在那邊休息一個晚上，還是繼續趕路呢？晚上開車總是比較涼快些……」

車子繞出了山區，艾肯踩足了油門，車子像是弓箭一樣筆直地射了出去。沒有星星，沒有月亮，道路兩旁仍然是伸手不見五指的黑夜。此刻若是有人跟我說黑暗之中藏著一座華麗的宮殿，我也深信不疑。

前方突然有穿著螢光背心的人跳出來，揮動著交管棒。

「媽的，公路警察。」艾肯說：「趴低一點，快點，裝睡。」

艾肯被攔下來，下車斡旋了許久。他最後補上那句「無論如何都不要下

來」的話為我們等待的時刻添加了幾分懸疑。

小醫師說：「明天一早我們可不可以跟他說我們不要搭他的車呀，很扯耶，開山路還可以睡覺！」

「下車之後你知道車站怎麼走？如果明天醒來你發現我們在沙漠之中，最好就庇佑我們可以攔到計程車。等到了喀什吧，到了大城市我就知道要怎麼應變——」我話說到一半，看見艾肯走過來我就住口了。末了用台語補上一句：「我們現在還是得要利用他帶我們到大城市去。」

「怎麼了？」

「超速。」艾肯憤恨不平地說。

被警察攔下來之後，艾肯的車速明顯收斂不少。此時道路兩旁也出現少許飯館旅店招牌。我們找到了一個一天二十塊的三人房間（艾肯睡車上）。因為太疲倦，所以我幾乎是倒在床上，一閉上眼睛就陷入了深沉的睡眠之中。

彷彿置身一部拍壞的公路電影

隔天醒來繼續趕路，沿途是極端荒涼的景色。如果真的和艾肯攤牌，置身這種荒郊野外，我們大概也沒有能力走到火車站去吧。太陽毒辣，車廂裡面很悶熱，但是只要一開窗，強勁的風沙又會灌進車子裡面來，咬牙切齒都有細細的砂礫，咖啦咖啦的聲響。車程歷時三個小時，我們一路問到了博斯騰湖。是的，問路。因為當初說要替我們指點一片湖光水色的艾肯，根本不知道這面湖泊在哪裡。

「博斯騰湖是中國內陸最大的淡水湖，」小醫生的筆記上說，「博斯騰湖在當地人的話語『博斯騰奴爾』是『牧民喜歡落腳的湖泊』的意思。這裡是開都河的終點，同時是孔雀河的源頭。資料上說博斯騰湖平均水深八公尺，面積約一千平方公里。」坐在湖邊吹風，潮濕的空氣居然有海洋的鹹味。總而言之，博斯騰湖是相當氣派的湖泊，似乎養上十五隻尼斯湖水怪應該也不成問題。

離開了大湖又回到了沙漠公路。沙漠一目瞭然，但是我卻什麼也沒有看見。小醫師的手錶顯示現在室內氣溫三十九度半。受困在高溫不退的車廂當中，原來體力會喪失得如此快速，我的臉開始發燙，產生嗚嗚的耳鳴。皮膚隱隱刺痛，顯然已被曬傷，因為火氣太大開始流鼻血，我只能不斷地喝水，人在沙漠中只能讚美水源。然而水喝多了又頻尿，不斷地補充水分、下車尿尿、繼續喝水、繼續下車尿尿……繁瑣循環的過程像是一項折磨人的勞務。窮途潦倒，以前情人的詛咒成真了嗎？現在的我真的是窮途潦倒了。

下車尿尿，影子被自己踩在腳底。烈日灼身，陽光始終有重量。手掌遮著額頭，瞇著眼抬頭看天空，一隻飛鳥在大片的穹蒼下自由遨翔，然而天空太大太遼闊，自由的鳥兒注定插翅難飛。遠方的遠方是筆直的地平線，在我自己和地平線之間，是一片空白。這片空白曾經是佛的國度。阿耆尼國。屈支國。跋祿迦國。經書上說：「泉流交帶引水為田，土宜糜黍宿麥香棗蒲萄梨柰諸果，伽藍數十所。僧徒千餘人，習學小乘教說，一切有部。」然而如今什麼也沒有，什麼都不是，經書上關於佛國的描述，虛幻得像是傳說和謠言。

「快，關於沙漠的電影有哪些？」我對林雅珍拋出問題。

「《阿拉伯的勞倫斯》、《遮蔽的天空》、《沙漠妖姬》、《英倫情人》。關於沙漠的小說有哪些？」

「《小王子》、《撒哈拉沙漠》還有《倚天屠龍記》。」

「《倚天屠龍記》哪裡算數?!」

「有呀，光明頂好像就在什麼沙漠荒山。」

我們輪流拋出問題，並且迅速作答，快問快答的遊戲轉移了難以忍受的情緒。劇情的回憶和身歷其境的感受交錯在一起，居然產生一種奇異的幻覺。我在嗚嗚嗚的耳鳴聲中居然聽到了駱駝商旅隊的鈴噹搖曳。《大唐西域記》玄奘進入大流沙有一段這樣說著：「沙則流漫聚散隨風，人行無跡遂多迷路。四遠

茫茫莫知所指，是以往來聚遺骸以記之。乏水草多熱風。風起則人畜昏迷，因以成病。時聞歌嘯或聞號哭，視聽之間恍然不知所至，由此屢有喪亡，蓋鬼魅之所致也。」

「這種天氣下我多希望自己是一隻駱駝，過兩個小時之後，我大概也會聽見鬼魅的哭聲吧。」我跟林雅珍這樣說。

iPod 忘記充電，車子太顛簸沒辦法看書，窗外沒有風景可看。天空太大、地平線太遼闊，遼闊天地因為沒有極限，反而更像是一種禁錮。受限在一個燠熱的密閉車廂跟受困在故障電梯，差別在那裡？這樣繼續下去或許我就會患上空間幽閉症也說不定。旅行最大的難處不在環境的惡劣，而是全然地無法面對自己，一個人獨處一個房間三天三夜沒有什麼了不起的，上網讀書聽音樂，躺在床上也能環遊世界。可怕的是除卻這些甜美的娛興節目，單獨的面對自己。地球上早已經沒有冒險，當生活中最驚魂的旅程大概是美麗華的 IMAX 動感電影院的《亞馬遜河歷險記》，對於現代人而言，離開網路便是最大的冒險。

艾肯轉過頭說等等路上會經過一個某某巖洞，裡面充滿許多漂亮的壁畫。我們搖搖頭說不去了，反正那些壁畫全都大同小異。馬不停蹄地趕路，車子從光天化日開到了夜幕低垂，然而窗外的風景卻未曾改變。我問艾肯我們幾時可以到達喀什，他說如果以這種速度，路況不要太差，興許明天晚上就可以到了。

彷彿受困在一部賣座很差的公路電影，現在唯一的念頭是只想快快抵達喀什葛爾，快快結束這一切。

晚上十一點終於抵達一個有人煙的沙漠小鎮。我們在這個小鎮發現了一個藏身在腳底按摩院裡的旅館。（誰在沙漠中作腳底按摩呢？這個問題，老實說，我到現在還很想知道。）旅店要從腳底按摩的店面走到底，然後再拐上二樓，上樓的時候林雅珍說：「奇怪，這個樓梯居然還鋪黑地毯。」一定睛一看，地上居然是密密麻麻的蚊子屍骸，空氣中有刺鼻的殺蟲劑氣味，反射性地把鼻子摀上。

上了二樓看見了三男一女——全都是漢人，坐在一起打麻將。或許是天氣太熱了，三個男人全身上下皆扒得只剩下一條內褲，而唯一的女人臨危不亂地端坐在上家，大馬金刀地洗牌，麻將聲響豁啦豁啦的。整個樓層簡直沒有照明可言，一只孤單的燈泡垂吊在裸露的天花板上，照亮這個詭異的場面。

「作啥？」女人看見我們劈頭就是這樣一句。

「住房呀。有房間嗎？」我回答。

「有的呀。」女人站起來，拖鞋咖啦咖啦發出巨大聲響走到了走廊盡頭，女人粗魯地推開了一扇門：「一個床位二十塊。廁所在對面，現在跟我到樓下櫃檯繳錢。」女人動作和言語利索簡潔，她把房間的燈打開讓我們檢視。在慘白的光線下，眼前粗勇的女人像極了黃春明小說裡面那些生命力旺盛的巨乳村婦，好像隨便給她們一些種子，她們便可輕易地種出莊稼，並且枝繁葉茂地生出許許多多的小孩，創造出一個文明（跟三個穿內褲的男人生吧）。惡劣的條件下，我們對居住的環境也變得異常寬容，只要半夜不要被跳蚤搬走就行了，根本也沒有什麼好要求的。

三個人輪流刷牙洗臉（艾肯還是睡車上），我在等待的空檔打開電視便看見《雍正皇帝》。劇集不知道被配上了蒙古話還是新疆語一類的陌生語言，陳道明講話聲音全給悶在喉嚨裡，咕嚕咕嚕的，真像是一隻狗。

隔天醒過來繼續趕路。依舊是惡劣的路況、炎熱的天氣和單調的風景，但艾肯說按照這樣的速度或許晚上就抵達喀什。知道一切將有盡頭，心裡便不再慌亂。在後座已經找到一個最舒服的坐姿，隨身聽已經有飽滿的電力。旅途有顧爾德黃耀明王菲作伴。車子會爆胎拋錨、艾肯會再度被公路警察開罰單，但這類瑣事已經不再讓我心煩氣躁，因為我知道一切即將結束，到了喀什，我們就會徹徹底底擺脫這個男人。

窮光蛋？窮光蛋怎麼可能到喀什旅行?!

絲路分手旅行

往喀什後半段的路況相當好，第三天的行程幾乎是一路暢行無阻，唯一的插曲便是車子爆胎拋錨。趁艾肯停車換備胎的時候，我問小醫師和林雅珍說是否真的要擺脫這個維吾爾人。小醫師說：「那當然，這個人太不可靠。」

我說：「那好，等下你趁機打電話去你的信用卡公司，說你的信用卡遺失了，先把你的信用卡暫時凍結起來……」

「要作什麼？不能直接跟他說嗎？」

「你想他會仁慈到只收我們吐魯蕃到喀什葛爾的油錢車錢嗎？他沿路被開兩張罰單、這一路的油錢、耗損的時間，他會乖乖認賠買帳？在這裡人生地不熟的，我沒有這個魄力和口才可以辯倒他。我只是換個方式讓我們的支出減到最少。」

看見艾肯走過來通知上路，我們中止了交談。

「反正聽我的話就對了。」我低聲台語補上一句。

下午兩點鐘，終於抵達了喀什。整齊的街道、新穎的建築，經過三天兩夜的蠻荒旅程，連路上看到阿婆牽一隻驢子在走路，我們都興奮得不得了。車子開著開著，突然就在前方看見一個巨大的摩天輪。摩天輪太巨大了，霸佔了整個視線的焦點，好比巴黎鐵塔一樣，無論走到哪裡都看得見。沙漠城市怎麼會有摩天輪？這個實在是太詭異了。來不及追究這個摩天輪的來歷，思緒便被艾肯的問話給打斷。艾肯問：「你們晚上想住哪裡？要不要好好去吃一頓？烤羊肉、抓飯？」

我說：「當然可以，但是我們想先去銀行取錢。我們現在完全沒有錢啦，要不怎麼去吃好的？」我跟艾肯解釋說我們盤纏都用光了，我們必須靠小醫師的信用卡提領現金。而出發前，艾肯是信誓旦旦地保證新疆的中國銀行絕對可以跨國取款的。

艾肯說：「那麼先去色滿賓館稍作休息吧，環境看了喜歡，晚上就住在那邊。這裡銀行午休時間是十二點到四點。現在去銀行也沒用，順便可以探聽一下上紅其拉甫口岸的事情。」

艾肯帶我們去的色滿賓館是原沙俄領事館改建而成。艾肯說：「要不要一起去吃個飯？賓館旁邊有好吃的羊肉抓飯。」我回答：「現在沒錢了，等領了錢再說。」艾肯獨自去吃飯，留我們在賓館大廳休息。

雖然色滿賓館只是二星級涉外賓館，然而居住品質卻出乎意外的美好。室內建築中的拱門、雕花、地毯頗有阿拉伯風味，其間來來往往的歐美自助旅行者讓賓館整體散發著一種異國情調。賓館中庭是一個漂亮的噴泉花園。我喜歡這個花園當中的綠色樹籬和玫瑰花，過多的綠色植物使得空間蔓延著一種嘉年華的氣氛，那是三天兩夜沙漠行旅後的犒賞。賓館房間相當的乾淨舒適，詢問過了房價，一個晚上一百七十塊。這樣的住宿品質和價格實在是太夢幻了！

小醫師打電話謊稱信用卡被竊，我在櫃檯詢問飯店是否可以代訂喀什到烏魯木齊的火車票。艾肯出現了，他一臉憂容地向我們宣布紅其拉甫口岸關閉了，已經上不去。

我說：「你在開玩笑嗎？你向我們保證你可以把我們弄上邊界，千里迢迢來到這裡，你又說你沒輒了？算了、算了，這個等一下再討論，你先帶我們去銀行領錢。我們快沒錢了，無法付飯店錢。你確定這裡信用卡可以跨國取款？」

艾肯說：「當然當然，這個絕對可以。」他開車帶我們去中國銀行。我把這個維吾爾人一步一步地引入我熟悉的文明體系裡。ATM、排隊號碼牌、取款單和持槍警衛，這些事物總是叫我安心。

事情如我所願的發生了。信用卡很順利地發生問題沒法取款。「去，你去幫我們斡旋，你去用維吾爾話跟她們講我們領不到錢，」我把信用卡交給了艾肯：「是你說可以領錢的。」

我正在欺侮這個維吾爾人，我用卑鄙的伎倆去賴賬。他連怎麼拿號碼牌排隊都不清楚，更遑論清楚地向銀行行員說出自己的需求。坐在銀行軟軟的沙發上看著這群人在我設想好的情境裡面雞飛狗跳，而我唯一要做的事情就是在他回頭看見我們的時候佯裝焦慮和不安。

我對小醫師和林雅珍解釋我的所作所為：「我不曉得你們是怎麼看待這個旅行的。昨天在那個鳥鳥的公路上，你們大概有人在心中對我說髒話吧，後面幾天的行程的確很不舒服。搭火車一個日夜，就抵達喀什，又快又舒適。但不管怎樣，惡劣的沙漠旅行已經過去了，雖然才是上午剛剛結束的事情，但是我已經開始覺得這是一個有趣的回憶了。我不知道你們是怎麼想的，但我是喜歡這個體驗。雖然我們都已經有共識，打算在這裡擺脫艾肯了，但是我想日後回想起來我還是會喜歡這個體驗，雖然路上受了點苦，但結果總算是好的——對了把你們皮夾中的大鈔都藏起來，留幾百塊紙幣和一些零錢就好了。」（我講話的口氣真像是王嬌蕊）

艾肯面色凝重地走了回來：「沒法取錢。」

「啊，那怎麼辦。我們現在完全沒有錢了。連回上海都變成問題了，」林雅珍也跳進來演一個歇斯底里的bitch，「你跟我們保證過的呀。」艾肯說：「他說沒法領，我也沒辦法。」

「拍胸脯說可以帶我們上帕米爾高原的是你，說可以取錢的也是你，然後現在你又來說一切都出了狀況。」

「你們還有其他的提款卡嗎？」

「就是沒有才急，」我說，「這樣的話我們可能沒有辦法繼續包你的車了。」（情緒太投入，連我也開始誤以為我們真的沒錢了。）

「好呀。」艾肯說。（「哇靠，不會吧，這樣爽快。我錯怪你了，艾肯兄！」內心發出這樣的獨白。）

「那你把我們事先說好的三千塊付給我。」艾肯面無表情地補上這一句。

「我們就算想給你也沒錢。」我說

「那好，這個人要回上海。可以先回去，」艾肯指著小醫師說，「你們兩個，跟我回吐魯蕃，等他把錢匯過來就放你們走。」

「你在恐嚇我們？」我提高音量。

「我只是要你們把錢交出來。」

「我們沒有說不給你錢，只是我們現下根本沒有這麼多錢。三千是先前說好十天的價錢，現在才過了三天。根本沒這麼多，你這是訛詐。」

「我加油不用錢？不用過路費？輪胎壞了不需要錢？我被開罰單誰來付錢？後面的行程，是你們放棄的，根本不能算在我頭上。要不你們的相機、手錶都通通給我留下來。」

「我們連回家的錢都沒有了，你還想怎樣！」我把錢包摔在玻璃茶几上，然後要林雅珍跟小醫師也把錢包的錢都掏出來，「全部的錢都在這裡了。」

林雅珍、小醫師把錢包中的零錢紙鈔全部倒出來。零錢掉落在玻璃茶几發出清脆的聲響。艾肯將桌上的錢一把抓起來，數一數一共一千九百八十二塊。

艾肯搖搖頭：「不夠。」

我指指小醫師說：「他一張喀什到烏魯木齊的機票不過八百塊！一千九百塊和我們上車前給你的三百塊，哪裡不夠？！門口有警衛，你要覺得自己受委

屈了，去通報他們把我們抓到公安局去好了。」

我眼睛怒視著艾肯，另一方面則必須咬緊牙關，防止自己笑出來。

艾肯把吸附在玻璃茶几的銅板一枚一枚地摳起來。

「留點錢給我們搭車吧。」我試探性的詢問。

「那是你們的事情。」艾肯不留情面地離開了。我卑鄙，艾肯也很無情。人性太脆弱，千萬不要作試驗。

艾肯走到門口，突然轉過頭撂下一句話便消失：「沒錢？窮光蛋怎麼可能出來旅行？窮光蛋就別出來旅行。」

碰！艾肯的話像是煙火一樣，在我的腦海當中爆炸開來。

「窮光蛋怎麼可能出來旅行？窮光蛋怎麼可能出來旅行？窮光蛋怎麼可能出來旅行？窮光蛋怎麼可能出來旅行？窮光蛋怎麼可能出來旅行？窮光蛋怎麼可能出來旅行？窮光蛋怎麼可能出來旅行？窮光蛋怎麼可能出來旅行？窮光蛋怎麼可能出來旅行？窮光蛋怎麼可能出來旅行？

窮光蛋怎麼可能出來旅行？窮光蛋怎麼可能出來旅行？窮光蛋怎麼可能出來旅行？窮光蛋怎麼可能出來旅行？窮光蛋怎麼可能出來旅行？窮光蛋怎麼可能出來旅行？窮光蛋怎麼可能出來旅行？窮光蛋怎麼可能出來旅行？窮光蛋怎麼可能出來旅行？窮光蛋怎麼可能出來旅行？」

這句話像是電池廣告中粉紅兔子的打鼓聲，在我的腦中敲擊，反反覆覆，叮叮咚咚。鼓聲像是像是拉威爾的《波麗露》，節奏愈來愈強烈，盤據了整個大腦。色滿賓館訂房、到飯店附設的中國青年旅行社詢問上帕米爾高原等等事宜，我已經無法作主，全權交由林雅珍代勞。她好像替我們報名了六百塊兩天一夜的帕米爾高原旅行團之類的，我也不曉得。我的腦海都是鼓聲，窮光蛋怎麼可能出來旅行？窮光蛋怎麼可能出來旅行？這句話聽起來又像是神諭又像是謎語。

在房間放置好行李之後，我並沒有跟著林雅珍和小醫師出門去吃烤羊腿。我一個人靜靜地躺在飯店床上，等候腦海中的粉紅兔子耗盡所有的電力。窮光蛋怎麼可能出來旅行？窮光蛋怎麼可能出來旅行？窮光蛋怎麼可能出來旅行？旅行怎麼可能是窮光蛋？平日領微薄工資慘澹度日，跟有車有房有頭銜的同年相較，簡直是一團不知所云的空氣，但是一遇到這種大旅行的時刻，馬上又搖身變成富裕的王子。我什麼都沒有，除了自由。

前任說我三十歲會窮途潦倒，這個詛咒或許已經應驗。但我清楚知道我是自甘墮落——我若是貧窮，也是自動自發的貧窮，為了可以過自己要過的日子而貧窮，為了想要長期旅行而貧窮。窮光蛋怎麼可能出來旅行？旅行怎麼可能是窮光蛋？艾肯的羞辱變成了一種祝福。一切都是自己的選擇，我知道我的人生是有選擇的。

粉紅兔子一樣的鼓聲已經消失。我破解了你的詛咒了，親愛的前任。

（作者再版注：重讀這個段落，覺得當年行徑極其惡劣與卑鄙，在此深深對那些在書中被自己唬弄的人們致歉。這是不對的行為，請讀者勿模仿。）

喀什之夜

絲路分手旅行

在綠地上讀書的少女就像綿羊吃草一樣的優雅

粉紅兔子鼓聲消失之後，大腦就像是孫悟空被摘去頭箍一樣，頓時輕鬆起來。痛痛快快地洗個澡之後（已經四天沒有洗澡），就在賓館周遭晃蕩。和吐魯蕃、敦煌一樣，黃昏在晚上九點鐘的時候層層逼近，我在賓館的花園吹著涼涼的風，心情非常舒坦。花園裡面有一個叫作「約翰咖啡」的露天餐廳，裡面全都是金髮碧眼的外國人，大家在戶外用餐，氣氛非常的歡樂。烤肉店的哈薩克人不會講普通話，我比手劃腳點了烤羊肉串和可口可樂，然後找一個花園的台階坐下來大快朵頤。

在吃烤肉的時候東張西望，突然看見三個少女和一個少年坐在草坪上讀書。「少女在草坪上讀書」這種不是珍．奧斯丁小說才會出現的事情嗎？那個畫面太過戲劇化，如果是出現在大安森林公園或是魯迅公園必然做作，但是少年少女坐在喀什草地上看書就顯得非常的自然，他們在草坪各自佔據了一個角落，誰也沒有理會誰，只是默默地翻動書頁，彷彿就像綿羊吃草一樣的恬靜，畫面好看得不得了。

因為對喀什一無所知，飽餐之後便到賓館附設的旅遊中心查資料。一進旅遊中心便看見有兩架電腦在角落，像是索羅門王的寶藏一樣閃閃發光。我倒吸了一口氣，好像大街上看見舊日的情人或仇家，但上網的念頭稍縱即逝。上網跟打手槍一樣，如果不常常看色情片就不會想打手槍，同樣的，剛開始杜絕網路行為雖然很難熬，但是十天半個月過去了，便沒有那麼衝動了。

旅遊中心除了上網服務，還可以預定車票機票、購買明信片土產。不同國家的自助旅行者坐在旅遊中心的沙發上，喝啤酒聊天，並且交換情報。雷鬼頭的美國男孩抱著吉他溫柔地刷著約翰·藍儂的〈Imagine〉。

旅遊中心有一面小書架陳列許多喀什和巴基斯坦的旅遊書。隨便拿一本簡體字的喀什旅遊書來瀏覽，才發現這個帕米爾高原下的城市原來來頭還不小。喀什在西漢時即為西域三十六國的疏勒國，漢武帝張騫通西域，結果就通到這裡來了。玄奘天竺取經回程也曾經過這個地方，在當時，這裡叫作佉沙國。這個國家的人很擅長編織地毯，但是玄奘對佉沙國卻沒有什麼好的評價。他在《大唐西域記》說這裡的人：「人性獷暴，俗多詭詐，禮義輕薄，學藝膚淺。押頭匾匾，容貌麁鄙，文身綠睛。」玄奘形容這些綠眼睛、喜歡紋身的民族實在是相當醜陋。被不能造口業的出家人批評很醜，那大概真的是一個很醜的民族吧。

不過如果玄奘舊地重遊，一定會為自己蔑視別人的偏見而感到不好意思吧。我一整天下來看到的都是輪廓很深、鼻子很挺的美女帥哥。這個地方因為跟巴基斯坦、阿富汗、塔吉克斯坦接壤，多元種族的色彩非常濃厚，維吾爾族、塔吉克族、回族、烏孜別克族、哈薩克族、滿族、錫伯族、蒙古族、藏族、土族、俄羅斯族等等少數民族人口占總人口的百分之九十。反而漢族才是真正的少數民族。

我把簡體字的喀什旅遊書放回去，想看看還有沒有其他的補充資料。書架上的書籍也充斥著各種語言的喀什旅遊書。韓文、日文、法文、英文、簡體中文、繁體中文。光是《Lonely Planet》的喀什介紹就有英文、法文、西班牙文三種版本。心想世界上到底還有哪些地方是《Lonely Planet》沒有介紹過的呢？地球上應該已經不存在任何無人知曉的冒險之地了吧？

書架上還有一些雜七雜八的書。文庫版的《海邊的卡夫卡》、簡體字的《吉他教學大全》、庫切的《恥辱》（就是台灣的柯慈，中國翻作庫切，聽起來真像是一隻狗的名字），和英文版的《大亨小傳》。這些書都是被旅行者遺留在這裡的。它們曾經陪伴旅行者在機場候機室、小旅館、夜行火車上消磨一段寂寞時光。旅行者們把書翻得破破爛爛，就很瀟灑地把書擱在這，等待另一個旅行者把它們帶走。從里斯本的 youth hostel 流轉到斯里蘭卡的嬉皮旅館，從京都的美麗佛寺流轉到雲南的夜行火車，這些書有自己的旅行命運。英文單字說這些在旅行者手中流傳的書本就叫作 walking book。大概只有旅行文化深厚到一定的程度，才有可能衍生出專有詞彙去描述這個現象。

拿了一本《微物之神》的英文版，然後把厚得像是電話簿的《倚天屠龍記》和《書劍恩仇錄》丟在這裡（當年張無忌K完了《九陽真經》之後，也很慷慨地把書擱置在洞穴），我由衷地希望張無忌和趙敏可以在另一個旅人的手中展開另一個旅行。

到帕米爾高原遠足

絲路分手旅行

斯文・赫定騙了我

小時候讀斯文・赫定的冒險故事，總以為帕米爾高原是一個很危險的地方。

一八九〇年冬天，瑞典探險家赫定跟隨一支馱隊從俄國東部的小城抵達喀什葛爾。他買了駱駝、綿羊、馬匹，帶著羅盤和各種測量儀器，組織了探險隊進入中國西部的沙漠和高原地區。他攀登「冰山之父」慕士塔格峰、挑戰「死亡之地」塔克拉馬干沙漠，企圖挑戰任何一個到不了的地方。在惡劣的環境中，駱駝綿羊一隻隻倒下，赫定斷糧斷水，一條性命踩在死亡邊緣。他的冒險在我看來簡直和印地安那・瓊斯沒有什麼兩樣，而種種行徑背後的動機居然只是地圖上寫著「尚未勘察」。

「尚未勘察」這四個字像是什麼魔咒似的把赫定的魂魄都給吸走了。不需要什麼形而上的理由，或者是偉大的動機，只要沒有人去過的地方就有無窮的魅力。赫定說：「命運之神引導我走向亞洲大道。隨著歲月的流逝，我年少時到北極探險的夢想已逐漸淡去，從那一刻起，亞洲這片地球上最遼闊陸地所散發出的迷人力量，顯然主宰了我往後的生命。」

我們馬上就要去斯文．赫定的帕米爾高原了。但艾肯說沒有足夠的登山經驗和配備，上不了中巴邊界，所以我們花了六百元參加了兩天一夜的登山旅行團。但事情根本不是那麼一回事的，不是的。

名義上是專業的旅行團，但旅客只有我們三人和一對安徽來的母女。安徽的梁阿姨獎勵女兒考完高考的辛勞，特地帶她搭飛機到喀什來遊玩。五個人配置了一輛全新的九人座豪華休旅車、可愛的少女導遊和一個土帥土帥的小夥子司機。小夥子司機把音響開得很大聲，旅途中聽著S.H.E的歌，那種氣氛像是要去畢業旅行一般的歡樂。

可愛的少女導遊叫作小昭，杭州人，十九歲。小昭中學畢業就隻身來到這個邊境小城投靠姑姑，並且考照當起導遊。小昭替我們指點沿路的風景，她聲音很好聽，講起掌故繪聲繪影，像極了金庸小說當中那些個冰雪聰明的才藝美少女。

一路上喝果汁吃餅乾，如果看見美麗的風景，就請司機停車讓我們拍照留念。在整個貧窮旅行當中，算是最奢華、輕鬆的一個行程。我們根本到帕米爾高原上去遠足的，我被斯文．赫定騙了。

路況非常的平坦，或許是從南疆到喀什的旅途太惡劣了，所以我們現在無論看見什麼都覺得很美好。但是在玄奘的年代，這片美麗風景背後可是隱藏著致命的殺機。古時候這裡叫作蔥嶺，高原上連夏天都積著厚厚的雪，終年雲霧繚繞，久久不散。《大唐西域記》說很久很久以前，有一個商旅隊帶著幾百隻駱駝載運著萬疋絲綢在這裡遭遇大風雪，結果人畜俱喪。玄奘很貼心地警告讀者說，如果經過蔥嶺，千萬不要穿紅色的衣服，也不能大聲喧嘩，否則可是會

被凶惡的火龍給抓走。斯文．赫定和玄奘所描述的那些驚心動魄場面，現在已不復存在，車窗外的景色只是靜靜地向我們展示它的壯闊和大器，眼前美麗的風景彷彿是我們花了兩個星期，狼狽抵達帕米爾高原的禮物。

小昭說這個喀喇崑崙山脈，光是八千公尺以上的高峰就擁有四座。在山裡面兜兜轉轉，可以看見慕士塔格峰、喬戈里峰和公格爾山。別名K2的喬戈里峰，海拔八千六百一十一公尺，它是僅次於聖母峰，世界第二高峰。喬戈里峰無論在山勢、地形、氣候等各方面自然條件都很險惡，這個險峰對登山者而言，大概就像是甲子園之於日本中學棒球隊、英國黑池之於國際標準舞選手那樣，是終其一生努力追求奮鬥的目標。

車子在一面漂亮的湖泊停留，清澈的湖泊像是鏡子反映著白雪青山的倒影。湖畔的青青草地上，駱駝安安靜靜地吃著草，小昭說：「這面湖水叫作卡拉庫力湖。卡拉庫力湖在柯爾克孜語言是黑湖的意思，因為湖面水深，呈現一種墨黑的狀態。這面海拔三千六百公尺的湖水面積有十平方公里、水深達三十公尺。湖畔水草豐美，常有柯爾克孜人在此駐牧。」小昭說倒映在湖面上的白雪青山正是有「冰山之父」之稱的慕士塔格峰。

美麗的山水必然是有奇異的神話穿鑿附會的，小昭說了一個故事。

有一個美麗的仙女經過了帕米爾高原，看上了一名塔吉克青年，在長期的交往中，兩人感情與日俱增，但這段戀情卻遭到天神的堅決反對。仙女傷心至極，整日以淚洗面，殞身於此，形成現在的冰山。千百年的哭泣，使她的眼淚變成了千刃冰峰，滴就了她腳下的綠弓湖和卡拉庫力湖。烏黑的頭髮也像白髮魔女練霓裳一樣瞬間轉白，變成了巨大的冰川。長期的淒涼與冷酷造就了仙女的肆虐性格。故事最神奇的地方就在這裡，仙女性格丕變，居然變成了一個殘暴的君王。仙女變成男人，強迫公格爾峰和公格爾九別峰姊妹作他的妻妾。千萬年過去了，他始終沒有得到公格爾姐妹的愛情，於是他雷霆大怒，將周圍的山川變得荒涼、光禿，把全境的溝壑劈得更為險峻，攪得河水更為湍急。時間長了，他開始為自己的行為後悔，整日以冰雪覆蓋自己的容顏，無顏見世人，但為了保持自己雄踞世界的尊嚴，他又要不斷努力上升自己的海拔，成為冰山之父，形成了今天的慕士塔格峰。

這個故事還蠻詭異的，仙女居然可以像是歐蘭朵一樣輕易地改變性別，但仙女變成了男人，不是應該因為當過女人，而更理解女人的心理嗎？怎麼會連追求愛情的手段也變得跟男人一樣的粗魯呢？故事還以一個很無力的道德教訓作收尾，重點到底是什麼呢？這種不連貫的故事，大概連迷戀民族神話的李維史陀也無能為力吧。

石頭城

下午五點鐘抵達了塔什庫爾干，我們晚上將在這個地方過夜。海拔三千兩百公尺的塔什庫爾干是新疆最西邊的一個縣治，從這裡再往前便是巴基斯坦了。這個地方雖名石頭城，但所謂的城池不過是一個十字路口，幾個飯館車站和一個新華書店。街道中心有一個老鷹雕塑的紀念碑。街道上看不到任何的車輛，居民們用一種比散步還要緩慢的節奏在戶外移動著，那種無懈可擊的寧靜氣氛和居民臉上平和的表情，簡直把這裡變成了《楚門的世界》當中的完美片場似的。

這些居民跟我們這次旅行所看見的人種完全不同，大眼睛、高高的鼻樑，輪廓非常深邃。小昭說這些人是塔吉克人，他們的祖先是中亞講伊朗話的游牧民族，長期居住帕米爾高原上放牧，所以有「世界屋脊的居民」之稱。

放下行李之後，小昭帶我們到一個大草原玩耍。草地很濕軟，每一個步伐就會踏出濕濕的水窪出來。馬匹和羊群低頭吃草，靠近了，牠們也不會驚惶，臉上是一種毫不在乎的悠哉神色。牧羊的少年坐在石頭上靜靜地看著書，他周遭似乎形成了一種較為高貴的空氣，心無旁騖完全不被打擾。從喀什到帕米爾高原，這是我看到第二個在野外看書的小孩。

沿著草地散步到了石頭城的遺址廢墟。小昭說廢墟平日有個牧羊的老頭看管著，門票一塊錢，可是過了晚上九點老人回家睡覺，就可以自由進出。

廢墟是朅盤陀國的舊址，玄奘取經回程也曾經過這裡。玄奘說這地方的人「俗無禮義，人寡學藝。性既獷暴，力亦驍勇。容貌醜弊」。（唐三藏這個出家人還真愛批評人家的長相）從前波利剌斯國王派遣人馬到漢地去迎娶公主，結婚的隊伍到了帕米爾高原，遇到了戰亂，情況非常危急。結婚隊伍迫不得已，只好在高原上等候時機。三個月之後，戰亂好不容易平定下來，迎親隊伍準備啟程，這時候卻發現公主懷孕了。迎親的大臣被這個意外弄得人仰馬翻，慌張得不得了。

這個時候公主的婢女跳出來講話了：「請大臣們不要再互相責怪了，這個小孩可是神的孩子吶。每天中午，神明都會騎著駿馬從太陽飛下來和公主相會。這個小孩會有神明的血統。」迎親的大臣進退兩難，因為不管他們回漢地，或是去波利刺斯都會被殺頭的。既然左右都是死亡，所以他們就在石峰上築起城堡，擁護公主為女王。這是朅盤陀國的建國傳說。後來這個神的小孩生下來，長成了一個英俊的王子。王子可以淩空飛行，呼風喚雨，周遭的國家全都乖乖地俯首稱臣，朅盤陀國也就變成了一個強大的國家了。

昔日的國度如今變成了斷石殘壁。坐在一堵斷牆上眺望遠方風景，北方是慕士塔格雪峰，西邊是喀拉崑崙山，而山腳下的開闊草原就是我們剛剛散步的草原。天色漸漸暗下來了，我坐在一個殘破石牆上吹風。高原上的天空似乎也變得很低很低，彷彿輕輕一碰就可以抵達天堂。

仰望天空，厚厚的雲層堆疊暗湧，突然想起黃耀明的歌：「天空再深，看不出裂痕，眉頭仍聚滿密雲。一屋暗燈，照不穿我身。命中愈美麗的東西我愈不可碰。歷史在重演，沒理由相戀，可以沒有暗湧。其實我再去愛惜你又有何用？難道這次我抱緊你未必落空？仍靜候著你說我別錯用神，什麼我都有預感。然後睜不開兩眼，看命運光臨，然後天空又再湧起密雲。」我不是快樂，

也不是不快樂，沒有特別思念誰，更不是觸景傷情。小小聲的唱起歌，只是為了歌詞的最後兩句：「然後睜不開兩眼，看命運光臨，然後天空又再湧起密雲。」

邊界

在帕米爾高原的第二天，我們終於抵達了紅其拉甫口岸。上午七點由塔什庫爾干出發，在海拔四千公尺以上的高山公路打轉了兩個小時，我們來到一片白茫茫的雪地。雪地旁邊立著兩塊碑文，朝中國一面是中文字的銘文和鮮紅的國徽；而面向巴基斯坦一面，是英文銘文。（為什麼是英文，而不是巴基斯坦的國語烏爾都語呢？）小醫師看看手錶說目前所在的位置是海拔四千九百誤差正負一百公尺。現在所在的位位置是東經 75°33'，北緯 37°02'。塔什庫爾干與此相距一百三十公里，而前方八百七十公里則是巴基斯坦的首都伊斯蘭堡。這裡是中國和巴基斯坦的交界，國界是蜿蜒的鐵絲網，左邊是巴基斯坦，右邊是中國。六月一號從上海出發，六月二十一號來到紅其拉甫，地圖上兩個點連成一條線，恰好橫貫整個中國。

小昭說：「就是這裡了，中國的邊境。一般而言，海關、邊檢和邊防守衛是黏在一起的。然而紅其拉甫，就像你們剛剛也瞧見了，海關在塔什庫爾干縣城，而邊防守衛居然獨立分開，在這種深山野嶺當中。海關邊防的分開設置，並不是說帕米爾高原不怕走私偷渡，而是高原氣候高寒，人口稀少，村落間有大片的無人區，基本上連步行的人都沒有，當地誰和誰都認識，陌生人也逃不過人們的眼睛。加上環境太惡劣，公路變成了唯一的運輸要道，偷渡者偷渡到巴基斯坦，根本沒有其他的路可以走。當然啦，翻越冰峰的假設性也有可能成立，只不過偷渡者非得要有登山運動員的素質和體能不可。所以呢，軍人只要守著哨所門前的這條公路，誰也無法偷渡。而巴基斯坦連國境線上都沒有安置邊防軍人，大概是他們覺得中國方面看得緊，他們那邊鬆一點無妨吧。」

站哨大兵真槍實彈的守望著邊界，因為要抵擋住雪地的日光折射，所以大兵還戴上了冷酷的墨鏡。雪地上的陽光跟卡繆《異鄉人》中的非洲陽光一樣割人眼瞳。六月的陽光燦爛，但軍人們身上卻包裹著密實的大衣，高原上太冷了，山區的氣候每升高三百公尺則降低一度，再加上從雪山冰峰上颺下來的寒風，所以即便是夏天，這裡仍然是十度左右的低溫。

在大兵打了哈欠的空檔之中，我跨出了邊界。沒有鄭愁予說的「一腳踏出去就是鄉愁」的詩興，我用一種類似在大安森林公園散步的緩慢腳步，散步到巴基斯坦。然而大概只是走到鼎泰豐的距離，就被吹哨子了。那些站哨大兵像是海邊紅短褲救生員，誰走出了他的視線，他就吹哨子。乖乖地走回來，一來一返，我便完成了一個五分鐘的巴基斯坦之旅。

轉身，背對著一片白茫茫的雪地，在六月的晴空下拍照留念，證明了自己的來過。在某種程度而言，我也算是抵達了世界的盡頭了吧，我以為自己會有什麼心情的起伏，但其實什麼都沒有，像是白流蘇和范柳原的初吻，驚天動地的，但兩個人都困惑不是第一次，因為在幻想中已經發生了許多次了。

小醫師和梁家母女拼命按快門，似乎只有用這樣的方式才能把眼前美景納為己有，而面對這種彷彿只存在月曆上的美麗風景，我則是完全辭窮，沒有任何的閱讀經驗可以參照，找不到適切的辭彙可以描述眼前的美景，我變成了《Contact》當中的茱蒂．佛斯特，來到了神的國度，面對壯麗風景只能結結巴巴地說：「太美了、太美了。應該派一個詩人過來、應該派一個詩人過來。」美麗風景就只是美麗風景，比任何史詩還簡單，比任何宗教還壯闊。美麗的風景把我的語言、感受全都吸納進去了。這樣的風景是物理學上所說的極限地平線，強烈無比的重力把光波、時間、我的個人情緒、分手旅行、玄奘佛國神話、阿拉的真主訓示通通吸納進去了，它沒有任何的偏私，單純表達自己的美麗。

我如同背誦一段經文、背誦一個單字，全神貫注去記憶眼前的一片風景。雪地中耀眼的日光折射、高原天空的未盡之藍、微風吹過臉龐的冰涼感覺……全部要牢牢的記住。他日若在小說讀到關於天堂的描述，或許我將有帕米爾高原上的風景可以聯想。

我喜歡帕米爾高原，像是喜歡任何一個字面上有極端意味的辭彙那樣喜歡著帕米爾高原。窒息。末日。盡頭。極限。南極大陸。邊緣。這些關於極端的字眼我都喜歡。明白了限制，才會有自由。我期許地理的盡頭可以是心理的盡頭。走到底，抵達顛峰，看過了美麗風景，知道了是怎麼一回事，便心甘情願地走下坡了。

您有六則留言，四十八個簽心

絲路分手旅行

睡了二十個小時，或許是在心裡覺得已經達成了這次旅行最重要的任務吧，所以就安心地把自己放進比潛意識還要深遂的睡眠之中。

星期五晚上十一點鐘回到色滿賓館，洗澡洗衣服之後，躺在床上看《大宅門》看到一半就睡著了，醒過來已經是隔天晚上的八點鐘。林雅珍在桌上留了紙條，寫說她在旅遊中心上網。

下樓覓食，經過了中庭花園，見少女們還坐在草坪上閱讀。在旅遊中心找到了林雅珍，她正坐在電腦桌面前專注地和友人MSN。

「小醫師到哪裡去了？」

「高雄呀。」

「回去了？怎麼這麼快。」

「他早說過他明天要銷假上班呀，今天就趕回去了。你根本是把人家當作空氣，別人講話都沒在聽。」

「我知道呀，只是沒有想到這樣快。不知道他到了哪裡了？喀什。烏魯木齊。上海。香港。這樣繁瑣的轉機行程，光聽到我就腿軟。」

「在高雄呀，現在在線上，你要不要跟他打個招呼？」

就在我昏睡著的這段時間，小醫師居然就這樣從喀什、烏魯木齊、上海、香港一路轉機回高雄。我們整個旅程花了將近二十一天，但是小醫師回去居然只要二十一個小時。去程和回程的不成比例簡直跟童話故事一樣：《綠野仙蹤》的桃樂蒂在奧茲國歷經千辛萬苦尋找回家的路，但是故事結尾發現回家的路就在腳下穿的那雙魔法鞋，踢踢後腳跟，就可以把自己變回到了堪薩斯；唐三藏師徒取經走了十八年，然而返回長安也只是騰雲駕霧一瞬間的事情。彷彿只要替每一樁旅行找尋到了它獨特的意義，旅途剩下來的困苦就會迎刃而解吧。

林雅珍轉過頭看著我：「要不要上網呀？」似笑非笑的表情很欠揍。

「忍得了十天半個月，我就可以一直忍受下去了。哼，對我沒用的，我現在可是網路的柳下惠。」

「好，坐懷不亂的柳下惠，讓我來看看你的雅虎交友檔案，嗯，你的暱稱是台客是吧……來，有多少留言、多少簽心呢？」

「……坐過去一點啦，賤人，我要看啦。」

只有六則留言，四十八個簽心，行情真差勁。

聲聲話別的王國（22） 來自：211.76.98.xxx 時間：2005/06/01 20:58:49

噢，您的鬍渣也挺茂密，跟我有拼~~~

台客已經忘記他是她（30） 公開回覆時間：2005/06/22 21:32:08

小鬼，你嘴上也沒幾根毛呀。你出了中正機場，鹿死誰手都還不知道呢。

石榴姊（24） 來自：218.168.96.xxx 時間：2005/06/01 23:46:06

是ㄚ。我正是國色天香的石榴姐！在一點都沒有取 nickname 的靈感時，我突然想到唐伯虎點秋香的石榴姐。So.....

台客已經忘記他是她（30） 時間：2005/06/22 21:34:08

演石榴的演員叫做范瓊丹，是星爺電影中的御用老鴇。跟林正英有過交往常看港劇對她必然不陌生。《真情》中的余瓊就是她的代表作。

我很愛她的。hubert(28)　來自：218.166.201.xxx 時間：2005/06/05 23:04:30

生日快樂。

台客已經忘記他是她(30)　公開回覆時間：2005/06/22 21:22:08

謝謝。

雨天裡漫步的橘子貓(30)　來自：220.139.56.xxx 時間：2005/06/10 21:59:17

嘿，哥哥～回族的女子美麗吧？男子是否都擁有炯炯的眼神？

台客已經忘記他是她(30)　公開回覆時間：2005/06/22 21:17:04

今天也去了巴基斯坦，走了五分鐘又繞回來了。那個民族比較像是白種人。高鼻深目，黑的膚笑起來潔白的牙齒，小鎮的人成天在街道晃來晃去。三更半夜一群人在高原上打撞球，五六個檯子燈火通明的，美麗極了。

Stev(31)　來自：61.62.200.xxx 時間：2005/06/15 01:56:10

為什麼你都跟一些磨名奇妙的人寫文章和留言給他們，卻都沒有留給我？……

台客已經忘記他是她 (30)　公開回覆時間：2005/06/22 21:17:04

磨寫錯了，笨蛋

交友網站提醒著自己已經三十歲了，但我在旅行，我最好的朋友在身邊。我們有一搭沒一搭地講話，我是快樂的。

旅行是一支悠長的音樂錄影帶

絲路分手旅行

沙漠動物園

在旅遊中心檢查電子郵件的時候，總是會不時地查看電腦螢幕右下角的時間顯示。預計搭三點五十分開往烏魯木齊的火車，車程整整二十四個小時，在烏魯木齊過夜，隔天下午兩點十五分，會再搭五十二個小時的火車回上海。對時間的感知在旅行途中一點一滴被破壞。不是朝九晚五，沒有週休二日，不用提醒自己週二有《六呎風雲》、十點要看《康熙來了》，「今天星期幾？現在幾點鐘？」這些問題對我就一點價值也沒有。

旅行當中，唯一有意義的時間是火車時刻表。

沒有手錶，不開手機，iPod 當中的音樂就變成了丈量時間的唯一單位。

我用旅行把自己從粗糙的現實帶走，然後再用音樂把自己從旅行的困頓中拉到更遙遠的什麼地方。

拿一首〈Happy Together〉從旅館到小餐館買啤酒，用一張顧爾德的時間等車。忘記一個人，或許只要一首〈下一站，天國〉就可以了。「請揮手證明你開心。請緊緊擁抱證明你貪心。撫摸過雪人，苦戀過聖人，從來未遇過你聲音多動人。」在扳指計算性伴侶的次數，漸漸對愛情無動於衷，當感情變成一種生理需求，情歌的傾聽變成了自己最接近愛的行為。

在喀什的最後一天，林雅珍和我用八首林憶蓮的時間逛了傳統市集，在一張《Transpotting》的時間裡參觀動物園，也花了四首陳奕迅搭乘摩天輪。因為情歌的無所不在與附和，這樣的出遊總有一點戀人的嫌疑。異國市集、沙漠動物園、幸福摩天輪，這些場所多麼瓜田李下，愛情在這裏，此地無銀卻有三百兩。

旅行或許適合分手。但是同睡一張床，共飲一碗湯，旅途是電腦附屬程式中的踩地雷遊戲，愛情的地雷無所不在。國興頻道《戀愛巴士》節目的日本原名就叫做《戀愛地球旅行》。

「多美好的一天，我們在公園吃三明治，在動物園餵食動物，然後去看了一場電影，多美好的一天，我很高興跟你在一起，你讓我忘記了自己，讓我誤以為自己是一個更好的人。」

我們在沙漠動物園，Lou Reed在唱歌。歌名叫做〈Perfect Day〉。沙漠中的動物園隱匿在人民公園的不起眼角落，並沒有什麼獨到之處。被囚禁的獅子、老鷹，病懨懨地躺在小小的獸檻當中，失去野性神采的動物們，看起來彷彿就只是動物們的影子。

一隻漂亮的黑豹在籠子當中不斷地行走著，以前看Discovery的節目說：「野性動物只能這樣不斷地踱步，才能比擬一種奔馳在草原之中所帶來的Jogger High。」獼猴們曝曬在烈日之下，有氣無力，像是食物中毒。電腦環境的便利使我的日常生活動線狹隘得像是一隻動物園猴子，然而旅行了幾千公里來到了沙漠小城，我的收穫是另一群奄奄一息的動物園猴子。

一個民族怎樣對待動物，就決定了這個民族擁有了什麼樣的文明體質。希臘人著迷於對動物分類，並且把那樣的知識當作一種高明的學問來研究：實際的羅馬人就純粹把野獸當作一種取樂的對象。而沙漠中游牧民族的動物園是一種對中產階級的樸實模仿，正如我們在動物園想像愛情生活。

幸福摩天輪

林雅珍和我並肩坐在公園板凳上吃三明治。公園裡是再尋常不過的喀什葛爾市民，他們尋常地散步，尋常地放風箏和喝飲料，悠哉的氣氛像是秀拉筆下的〈大碗島週日午後〉。低頭看書的少男少女還是隨處可見，旋律是美好情緒的連結，歌詞和所見所聞的對比完全吻合，我的旅行變成了 Lou Reed 的音樂錄影帶。

然而我們渾然沒有察覺，甜美歌詞裡面埋伏了致命的暗礁和潮汐，愛的情緒漸漸升溫，我們在酷熱的熱浪中，不知死活地朝摩天輪方向泅去。巨大的建築矗在小城當中就像是巴黎鐵塔一樣醒目，也因為摩天輪在視線裡無所不在，所以整個小城始終瀰漫著一種兒童樂園似的狂歡氣氛。摩天輪在遠處指點著快樂的方向，我們在陳奕迅〈熱帶雨林〉和〈十年〉兩首歌的時間輕易地抵達摩天輪。

小城風景展示摩天輪，摩天輪也展示城市風景。花了五塊錢搭乘摩天輪眺望遠方，這個小城已經擁有許多高樓大廈，但是遠處則是更多蟻窩一樣的貧民窟和沙漠的地老天荒。

林雅珍說：「一個興建摩天輪的城市必然有諸多野心，摩天輪就和所有發展中國家的摩天大樓一樣展示城市的進步面貌，同時也滿足人類想要征服天空的慾望。」

她問我知不知道世界上第一個摩天輪是哪一國人蓋的？我胡亂猜測說：

「這種無聊的點子應該是美國人才想得到吧。」

林雅珍說：「第一個摩天輪，正是出自美國人之手。橋樑工程師費雷斯透過觀察旋轉木馬的結構，因而有了建造摩天輪的想法。這個費雷斯憑藉著自己對大型建築的平衡能力和建築知識，在一八九三年的芝加哥世界博覽會將這個想法付諸實現。摩天輪啟用當天，人們為費雷斯開了盛大的派對。他們煞有其事地穿著晚宴服，高興地抽雪茄喝香檳，摩天輪在天空中轉動一圈，他們便向天空舉杯慶祝，並給了發明家一輪又一輪的掌聲。費雷斯很害羞地發表了一段平靜的演說，接著與妻子一起鑽進包廂，跟著摩天輪一起飛上天空去了。」

林雅珍講的故事真好聽，故事的好萊塢式結局多麼快樂。用耳機把耳朵摀住，iPod很應景地播放〈幸福摩天輪〉，我把臉貼在包廂小窗子上看風景，揣測著費雷斯夫婦飛到了半空中應該會有怎麼樣的幸福心情。飛在半空中見證戀人的成就，這樣的事情像童話故事。此時此刻，ipod中陳奕迅歌詞來得恰到好處：「當生命似流連在摩天輪，幸福處隨時吻到星空，驚慄之處仍能與你互擁，彷彿遊戲之中，忘掉輕重。」

摩天輪適合熱戀中的情人，情人們應該多多搭乘摩天輪。摩天輪在半空中高高低低，整個城市被拋在腳底下，宇宙濃縮在小小密閉空間，一個屬於兩個人的宇宙，縱然懼高，因為有戀人相伴，那種黏糊糊的恐懼當中還勾芡著甜蜜。而在戀人的摩天輪裡，我和林雅珍卻如同置身空調故障的辦公室一樣的不自在。

旅行適合分手，旅行當中朝朝暮暮的相處，太容易暴露和放大個人的壞習慣，太容易爭執和口角。可以一起聊岩井俊二，王家衛的靈魂伴侶會因為對方在旅途中打鼾，不守時而翻臉。但是我和林雅珍不是，我們有默契，她散漫我怠惰，我們的壞習慣聲氣相投，我們什麼都是，但是就不可能是戀人。

「就讓我們虛偽，有感情別浪費，不能相愛的一對，親愛像兩兄妹。愛讓我們虛偽，我得到於事無補的安慰，妳也得到模仿愛上一個人的機會。殘忍也不是慈悲，這樣的關係妳說，多完美。」

兄妹。ipod目前播放的歌曲就叫做〈兄妹〉，我和林雅珍是血緣之外的兄妹。身處戀人的密閉空間使我們尷尬，我無法直視林雅珍的眼睛，唯有避開她的視線，轉過頭去看風景，我才能擁有一個完整的空間。

火車大旅行

絲路分手旅行

從喀什葛爾搭火車到烏魯木齊需要整整二十四小時的車程。和數天前搭艾肯車到喀什的狼狽經驗相較，這段車程簡直是在天堂了。涼爽的空調，乾淨的車廂，在火車上看書、聽音樂，偶爾看看窗外風景，荒蕪的沙漠如同火星表面，晃晃悠悠之際，我誤以為置身銀河鐵道列車九九九。二十四小時的車程比想像的還容易打發，到了烏魯木齊已經是第二天下午的三點。從烏魯木齊回上海的車票，我們在喀什就已經委託旅遊中心打點好了，所以除了當晚住宿問題，就沒有什麼其他的事情值得操心了。

在火車站附近找了一個交通賓館，一個晚上一百九十塊錢，放置好了行李就搭公車到二道橋大巴札遊歷。公車在烏魯木齊的街道穿梭著，燦爛的陽光，筆直的街道，烏魯木齊乍看下之下很像加州。這個城市的招牌很有意思，「巴格達雄鷹旅行社」、「貝魯特烤肉店」、「土耳其超級市場」，顯然它的文化淵源是要更接近中亞文化圈。旅行已經接近尾聲，即便是到了天山山腳下，我們沒有什麼特別想去的地方，也沒有特別想看的風景，來到這個世界上離海洋

最遙遠的城市，我們只是路過。

我和林雅珍甚至沒有交談。對話中最常出現的句子是：「你決定就好」、「隨便」、「沒意見」。像是香港傾城之後的流蘇和柳原，偶然有一句話，說了一半，對方每每就知道了下文，沒有往下說的必要。流蘇柳原無話可說，是因為歷劫歸來，我和林雅珍無話可說，有一半是本來就不是話多之人，一半是旅行的慾望已經被徹底滿足了，所以就沒有廢話的必要了。我們在家樂福買齊了接下來兩天在火車上要吃的零食飲料，就早早回賓館看《大宅門》，從此到隔日搭車之前，風平浪靜，一切順利。若說有牢騷的話，就是賓館離火車站太近，當夜睡覺，夢境之中都有火車跑動的聲音轟隆轟隆。

最迷人的旅伴

我們在火車上渡過旅行的最後五十二個小時。本來以為會很無聊，但長途火車安排給乘客打發時間的種種花招，遠遠超乎我們的想像。

先說車上的播音系統，一上車先像是相聲一樣來段開場白：「歡迎旅客搭乘某某號從烏魯木齊開往上海的列車，本車沿途會經過的城市有%()^○$*，經過的山脈河流有*%$*……」播音員為乘客複習過了中國地理之後，接著是政治愛國教育：「中國鐵路為了響應祖國經濟開發，特別進行第五次的提速，這次火車的提速大大縮短了內地到上海的距離，也凝聚了同胞之間的向心力……」繁複瑣碎的對白可以播上半個小時，而且整點播放。到了用餐時間，播音員又會提醒乘客該吃飯了：「俗話說，人是鐵，飯是鋼。身為健康的國民，每天一定要攝取均衡的營養。根據我國專家指出，平均成年男子一天所需的熱量是兩千五百大卡，成年女子所需……」語畢，便開始複誦本日菜單。京醬肉絲。夫妻肺片。西紅柿蛋花湯。廢話程度直逼《大話西遊》的唐三藏：「人是人的媽生的，妖怪是妖怪他媽生的，觀音姐姐，悟空想吃我只是一個構思，並不是一個行為……」嗯，觀音姐姐搭火車的話，大概也會把手伸進音響，把播音員揪出來毒打一頓吧。

不過播音員囉唆歸囉唆，火車的播音系統還是提供了頗富創意的服務。播音室會在廢話和廢話之間的空檔，播放中央電視臺的新聞和相聲（當然播放相聲之前會來上一段「人為什麼需要常常開懷大笑」的健康理論）。此外，乘客可以打手機到播音室專線一三六一六九XXX點歌。「第二車廂第三十四號上鋪乘客點給全體乘客李玟的〈好心情〉，願祝諸位乘客都有個好心情。第十四車廂第二十八號下鋪乘客要點給二十八號中鋪的乘客黃磊〈睡在我上鋪的兄弟〉，希望他身體健康，萬事如意。」

精采的還在後面。列車上不定時會有推銷員神出鬼沒，逐車逐車地兜售強力魔術彈力襪和七彩螢光筆。推銷員打扮像黃春明小說當中的三明治人，花枝招展地站在車廂的中央。「各位先生們女士們晚上好，耽誤大家幾分鐘的時間，」推銷員清清喉嚨，口氣一如江湖賣藥郎中：「這個襪子是申請過世界專利，瞧這彈性多好，簡直可以說是刀槍不入了。」推銷員把襪子像是橡皮筋一樣的拉扯開來，順手就拿著菜刀在上面比畫。乘客們全圍過來了，你一言我一語發問著：「這穿上了會不會不透氣呀？」、「世界專利，哪一國的世界專利呀？」推銷員兵來將擋，水來土掩，顯然有備而來，他從口袋掏出一枚打火機，點火在襪子上晃動著：「這襪子呀，您瞧瞧，質量多好。化學製品燃燒會有惡臭，您聞聞，您聞聞，這味道多香呀！」

這裡要一雙，那裡要兩雙。人群中探出一隻又一隻握著鈔票的手，推銷員心滿意足的數著鈔票，臉上有輕淺得意的微笑。人群中突然有人發話了：「ㄟ，小夥子，不對呀，這襪子是壞的。」一個人如同摩西出紅海，劈開人群站了出來。他拿瑞士小刀戳手中的襪子：「沒有刀槍不入呀。你看，你看，破掉了。」

乘客們如同希臘悲劇的歌唱隊，異口同聲地道德譴責起這個推銷員來：「小夥子做生意不老實呀，小夥子做生意不老實呀。」

我盤坐在上鋪看著這熱鬧的景象，坐困在密閉車廂兩個日夜又怎麼會無聊？希臘悲劇歌唱隊成員有三名五十歲的胖胖中年婦人，兩個乾乾瘦瘦的中年男子，也有二十幾歲的小夥子。我剛上車，iPod《歌劇幽靈》都還沒聽到幽靈出來，他們馬上就聊開了，變成了好朋友。這群傢伙精力旺盛好比小拉布拉多犬，互相打鬧嬉戲、耍嘴皮子，玩累了就各自爬上各自的臥鋪睡覺，養足了精神又繼續打鬧嬉戲、耍嘴皮子。人怎麼可能這麼快就建立起交情？但是火車經過一個又一個的大城市，悲劇歌唱隊陸陸續續的下車了，他們神情當中的離情依依看起來又無比真實。或許在他們眼中，我和林雅珍完全沒有互動才有問題吧——「這兩個人若不是欲蓋彌彰的偷情者，就是為了爭奪家產失和的兄妹吧。」他們一定在背地裡這樣討論著。整整五十二小時，我們完全沒有交談，各自看各自的書，聽各自的音樂。她的若有所思我不過問，我的心不在焉也沒有必要讓她知道。

徐州。南京。蘇州。嗯，馬上就要到上海了。火車進了市區，我打手機給旅遊經紀人約定下火車見面的地方，我跟他訂了明天的飛機票，上海到深圳，深圳搭船進香港，過一個週末，然後再從香港飛回台北，就我一個人。林雅珍的週末在上海新天地，我們兩個人分開旅行。

掛上電話，我對空氣嘀咕了一句：「回去還要整理回台北的行李，跑來跑去的，好累呀。」

林雅珍把擋住臉的卜洛克小說移開，莫名其妙地講了一句話：「你知道的，我最喜歡你的一點是你永遠知道你身在何處。對了，等下要吃什麼？」

「隨便。」

整整五十二小時的旅途，她就只對我講了這樣一句沒頭沒尾的話。就這麼一句話，「我最喜歡你的一點是你永遠知道你身在何處。」但當她說完這一句話的一刻，我在心裡確實是這樣想著：「林雅珍是全地球上最迷人的旅伴了。」

附錄

對快樂王子說髒話

文 鯨向海

我等這一天很久了，終於可以公開對李桐豪（MSN暱稱：快樂王子）說髒話。

按照他一篇〈對蘇美島說髒話：旅行行程的色情電話分類法〉：如果你想聽他提供的釣范植偉的十種方法，請按1；如果你想聽他勇闖花蓮鐵人三項（游泳單車和跑步）的寂寞故事，請按2；想聽他「我所有的創作都是一種情書」的文學觀點，請按3；想聽他被帶去參加某「關渡高峰會」（20樓高的內褲party）的跳舞尷尬經驗，請按4；想知道他養的小貓「國雄」如何治好了他的憂鬱，請按5；想聽他去洗牙看到對方戴口罩的溫柔眼神就愛上那個牙醫的神秘經驗，請按6；聽他在蘋果日報上班替人下新聞標題的大冒險，請按7；聽他在床上健康裸睡的習慣，請按8；聽他游泳時穿愛迪達泳褲以及和田亮同款鏡面的跳水蛙鏡的品味，請按9；或者聽他和他的文學啟蒙者四哥的故事（這是所以他說《綁架張愛玲》當然是獻給四哥的），請按10……

「對我說髒話」是李桐豪網站的名字，靈感應是來自某著名A片。我是不太會說髒話的人，更不可能說得像他那樣熟練熱烈；以性致勃勃之名，仰賴性騷擾的方式：「愛情當中的享樂要趁早啊，遲了就來不及了。」他的文章因此多少有點性暗示的意味，一篇接著一篇像是以此為核心的流星隕石，突然衝過大氣層燃燒墮落我們無聊的生活；短時間內，果然吸引了許多熱情粉絲。

有次我跟戀人在蘋果還是草莓工坊一類的蛋糕吃到飽之地，搶著閱讀他甜蜜刻薄的《絲路分手旅行》。在這種溫馨裝可愛的場所，最適合接受他犬儒文齒冷字的震撼教育：「妳少缺德了，小心妳老了變成張愛玲，一個人孤零零暴斃在房間裡面。」李桐豪明明博學多聞卻又喜歡否認自己是文藝青年。拿不堪的事情來開文藝的玩笑，原來就是李桐豪最大的本事；文字往往看來華麗如公主開演唱會，有時讓你覺得自己是王子，更多時候讓你發現自己不過也是隻青蛙。所以他可以理直氣壯地教訓他的死黨娜娜女王：「我只能說妳在幽默感和文學品味這兩件事情尚有待加強。……人生本來就是一件很無聊的事情，但還好這個世界有文藝、宗教，像是緞帶、包裝紙一樣，把粗糙的人生打扮得像是聖誕禮物。」難怪當他提到「一流城市必須有很棒的作者來作傳」時，除了羅列喬哀思的意識流都柏林，卜洛克筆下擁有八百萬種死法的紐約之外，偏偏硬要搭配「櫻桃小丸子歲月靜好，人世安穩的靜岡縣清水市」，使人買櫝還珠莞爾一笑。

張愛玲和金庸猶如兩塊放射性金屬埋在他的思想深處，能夠放射出恆久的能量，影響李桐豪身邊的每件事物。如他提到 MSN 世代來臨，若是看到手寫的情書，就「跟看見失傳的玄冥神掌再現江湖一樣驚奇」。或在西安碑林參觀時，發現了「執子之手，與子偕老」此話，他立刻自由聯想這是「范柳原企圖誘姦白流蘇的魔法對白」。將金庸和張愛玲結合在一起，對他而言，很容易便出現了這樣巧妙的意象：「張愛玲從上海赴香港再轉到美國去，晚年刻意地在人際關係當中放下了與世隔絕的斷龍石……」。不僅如他自我調侃是一個「靠張愛玲吃軟飯的男人」，更是依附在金庸這樣的父親情結底下長大的小孩。因此他的寫作總給人一種「老江湖」的聰明表象，骨子裡卻有張愛玲的「本色天真」；又或者相反過來，處處隱喻著武俠這樣的成人童話：「去華山，自然是為了郭靖和令狐冲」，卻揉合著張派「橫絕四海」的優雅霸氣。

因為在尋找張愛玲故居的過程中，他從口袋裡拿起相機時總被喝聲制止，他曾結論說：「當然，這也不排除是個人的長相實非良善造成的遺憾。」第一版的《綁架張愛玲》裡，有一張他用張愛玲的小說遮住自己的臉，只露出眼睛勾魂攝魄的照片；我第一次在咖啡館無意間遇到他時，膚色黝黑，身材健壯，穿著品味時尚流行，一顰一笑像是那上海高大的梧桐樹，隨著各種天氣變化自己的丰姿——於是當他以平面模特兒姿態，露出潔白牙齒特大號笑容，出現在流行八卦雜誌上的某名機車廣告夾頁之中時，便有一種理所當然的氣象。

我曾翻開被他閱讀過的《末世之家》，其字裡行間空白處充滿鶯鶯燕燕的筆記彷彿詩歌一般——使我懷疑他笑說他偷偷擁有一個無人能探訪的詩網站這件事是真的。他也曾很尖酸地指著我的作品說：「情詩在愛情中是沒有用的。」後來我瞭解他的意思，他不止一次暗示了文學在商業化的愛情裡是如此不堪一擊，當代知識份子在愛情裡卑微的地位。李桐豪不吝於在文字裡坦白他人生的慘事：「從中古世紀到二十一世紀，原來我已經喪偶那麼久了。」或者「會不會因為沒有了信生活，所以也就沒有了性生活呢？」之類。然而即使在自己最脆弱的時候，他也不會忘了自嘲：「我能做的事情只是為一樁失敗的感情找出正確的用字」；並以狠話安慰世人：「從今以後，只要能夠傷害你，讓你痛苦的事，我都會盡量去做」。

跟著他去旅行，才覺得世界上真有這樣那樣的地方。《綁架張愛玲》是要去尋找什麼，《絲路分手旅行》則是要逃離什麼，兩者都展現了當導遊的天份；他是頗適合思想導覽的，在〈肉體廢墟〉裡任由蘭州某洗浴中心的紅短褲男孩在他身上搓背，一邊害怕自己不小心有反應，一邊冷靜引用消費行為中的「勸服理論」，如許迷人；百科全書式的書寫，卻能夠超越典故的原意，不斷翻新花樣。他總是毫不猶豫偷渡這樣的曖昧情境：「傳統社會之所以畏懼同性戀，是因為異性戀男孩比他們自身想像的那樣更容易被打動……我趴在躺椅，臉歪躺一邊發現旁不相識的男生就在親密的觸碰之下，雄赳赳氣昂昂地勃發著。然而服務的和被服務的都假裝若無其事。有人被說服了，但是他們什麼都沒有看見。」是啊，這也是讀他文章的心情，服務的，和被服務的都刻意假裝若無其事，但是大家明明都勃起了。

（詩人寫於 MSN 的年代裡）

文學森林 LF0154

絲路分手旅行

Happy Together or Not

作者

李桐豪

復旦大學新聞學院畢業。記者、紅十字會救生教練，經營老牌新聞台「對我說髒話」與同名臉書粉絲頁。OKAPI 專欄「女作家愛情必勝兵法」、「瘋狂辦公室」作者。曾以《絲路分手旅行》曾獲二〇〇五開卷美好生活推薦，《非殺人小說》獲林榮三小說二獎，《養狗指南》獲林榮三小說首獎、九歌年度小說獎。

封面設計　吳佳璘
內頁攝影　吳明謙、陳慧芬（aka林雅珍）
內頁排版　呂昀禾
明信片設計　詹修蘋
行銷企劃　楊若榆
版權負責　陳柏昌
副總編輯　梁心愉

初版一刷　二〇二二年一月三日
定價　新台幣三八〇元

ThinKingDom 新経典文化
發行人　葉美瑤
出版　新經典圖文傳播有限公司
地址　10045臺北市中正區重慶南路一段五七號十一樓之四
電話　886-2-2331-1830　傳真　886-2-2331-1831
讀者服務信箱　thinkingdomtw@gmail.com

總經銷　高寶書版集團
地址　11493臺北市內湖區洲子街八八號三樓
電話　886-2-2799-2788　傳真　886-2-2799-0909
海外總經銷　時報文化出版企業股份有限公司
地址　桃園市龜山區萬壽路二段三五一號
電話　886-2-2306-6842　傳真　886-2-2304-9301

絲路分手旅行/李桐豪著. -- 初版. -- 臺北市：
新經典圖文傳播有限公司, 2022.01
276面；14x20公分. -- (文學森林；LF0154)
ISBN 978-626-7061-06-0(平裝)

863.55　　110020783